# THE KILLER INSIDE

My Dearest Self with
Malice Aforethought

Volume
1

Story: Hajime Inoryu
Manga: Shota Ito

My Dearest Self with
Malice Aforethought

# The Killer Inside

## Inhalt

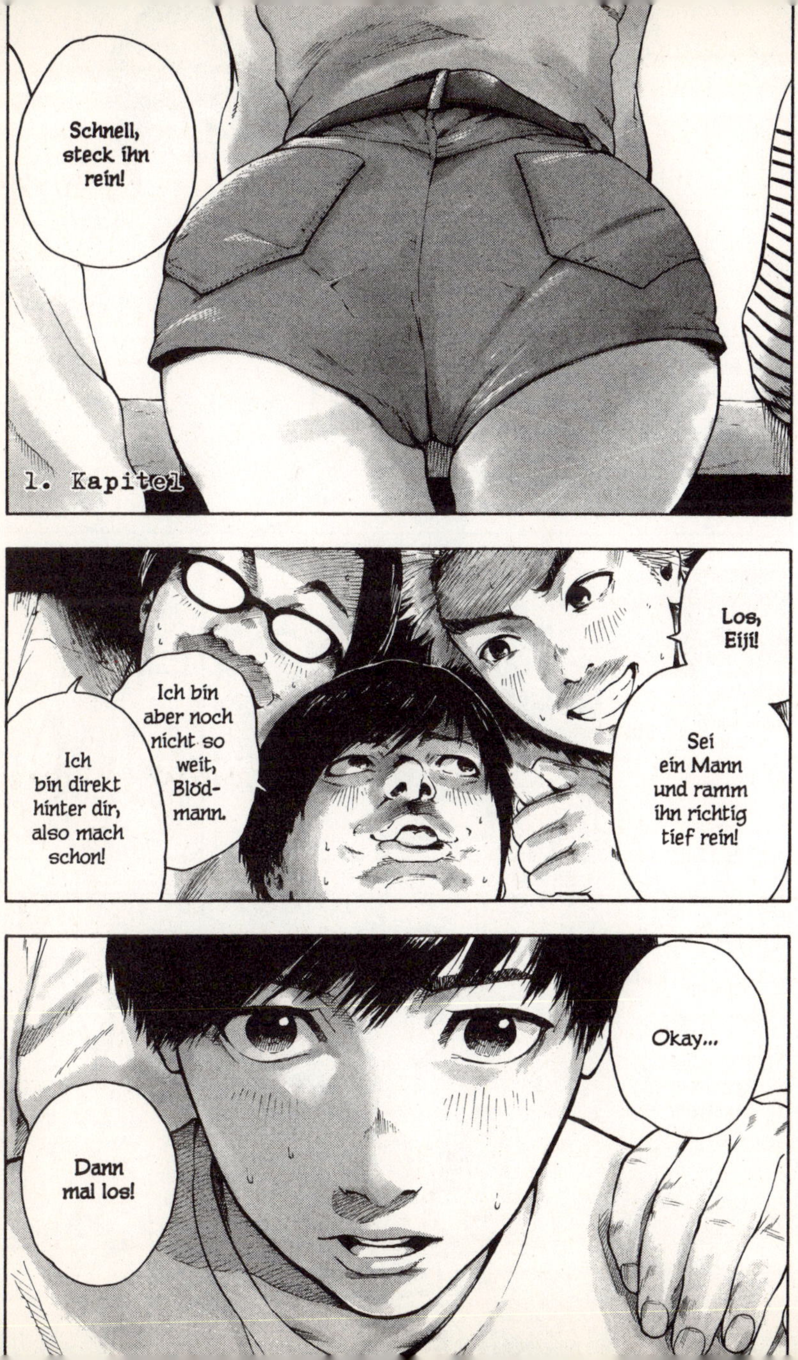
Schnell, steck ihn rein!
1. Kapitel
Los, Eiji!
Sei ein Mann und ramm ihn richtig tief rein!
Ich bin aber noch nicht so weit, Blödmann.
Ich bin direkt hinter dir, also mach schon!
Okay...
Dann mal los!

* Klack-Pirat ist ein japanisches Spiel

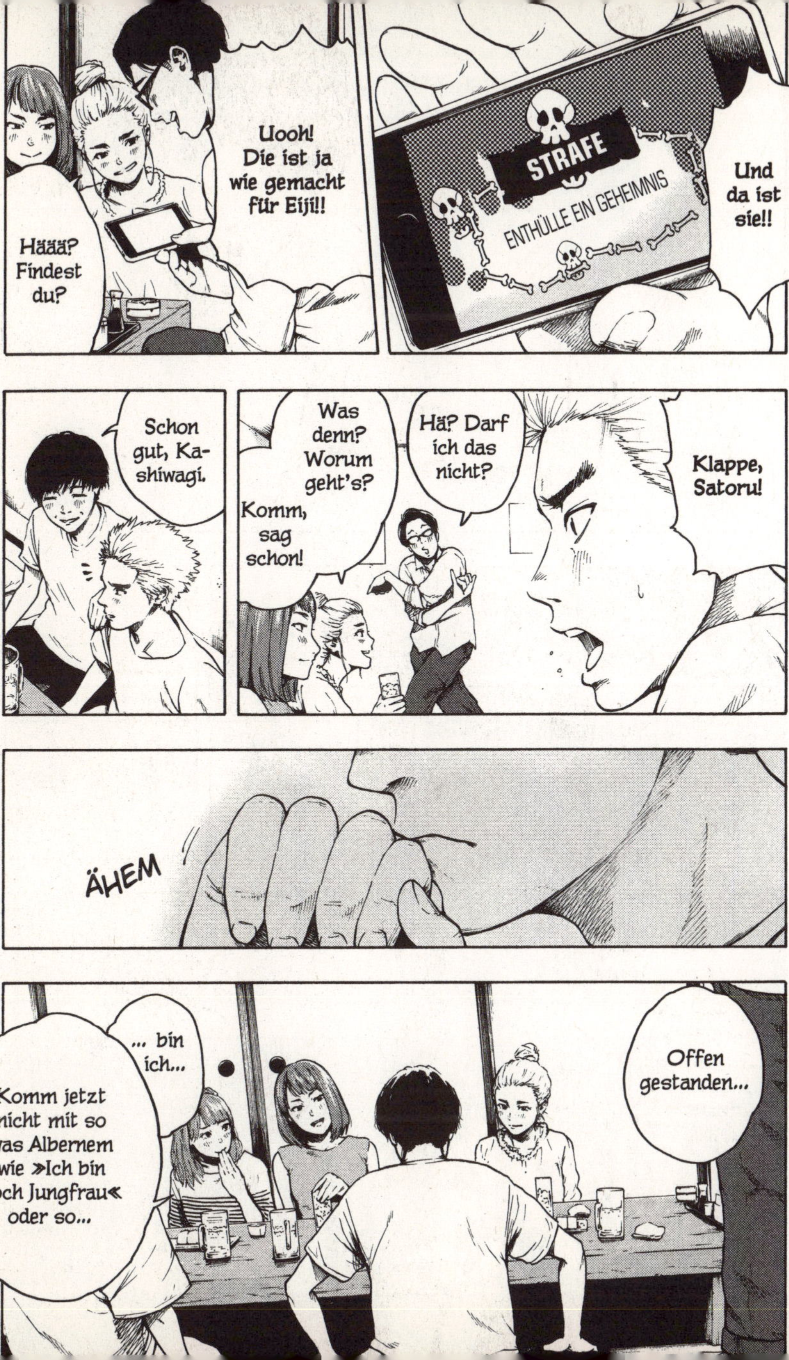
Und da ist sie!!
STRAFE
ENTHÜLLE EIN GEHEIMNIS
Uooh! Die ist ja wie gemacht für Eiji!!
Häää? Findest du?
Klappe, Satoru!
Hä? Darf ich das nicht?
Was denn? Worum geht's?
Komm, sag schon!
Schon gut, Kashiwagi.
ÄHEM
Offen gestanden...
... bin ich...
Komm jetzt nicht mit so was Albernem wie »Ich bin noch Jungfrau« oder so...

Hä?
Was denn, du bist echt noch Jungfrau?
Tja...
Sorry...
OKTOBER
23.10.
SONNTAG

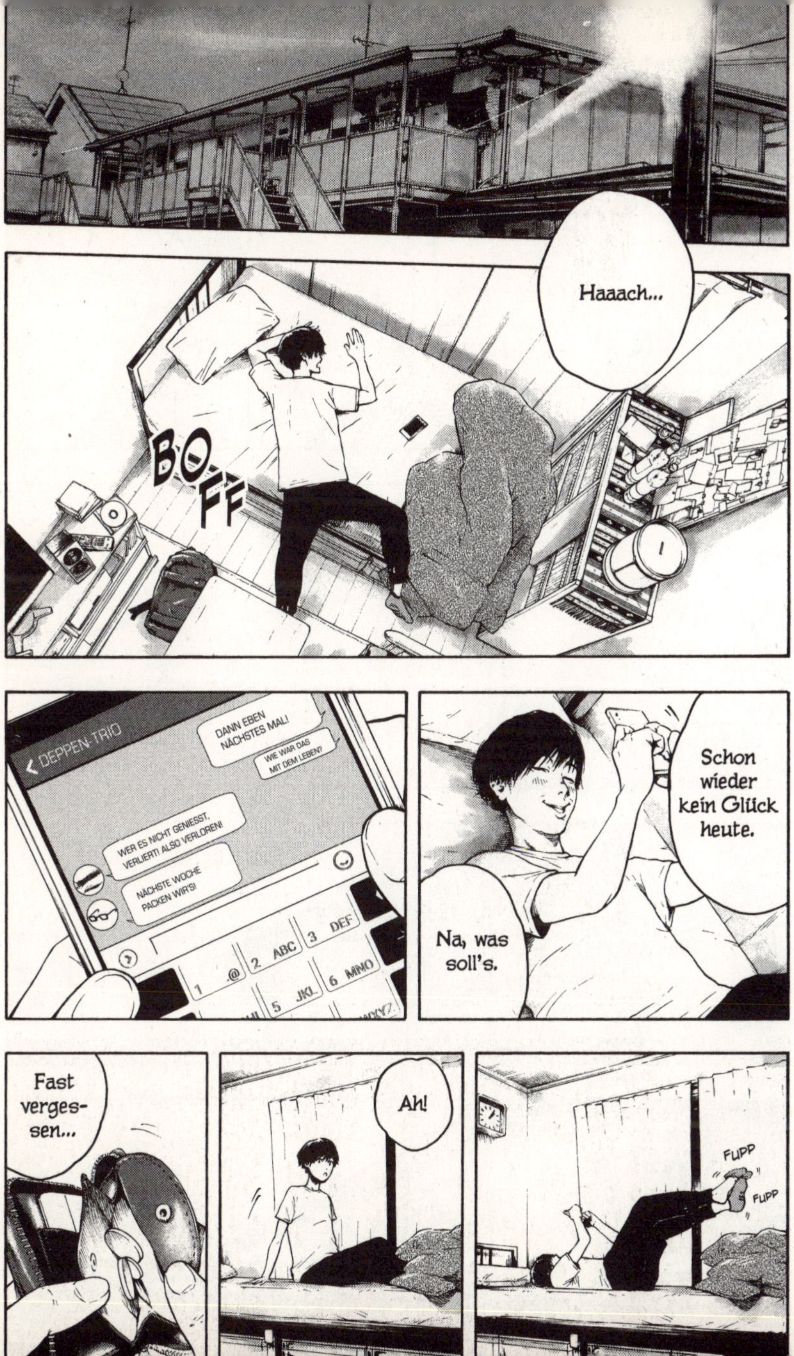
Haaach...
BOFF
Schon wieder kein Glück heute.
Na, was soll's.
DEPPEN-TRIO
DANN EBEN NÄCHSTES MAL!
WIE WAR DAS MIT DEM LEBEN?
WER ES NICHT GENIESST, VERLIERT! ALSO VERLOREN!
NÄCHSTE WOCHE PACKEN WIR'S!
FUPP
FUPP
Ah!
Fast verges-sen...

CHILING
Für die Traumreise mit meiner zukünftigen Freundin♡
500
CLAP
CLAP
Mm-hmm!
CHILING
CHILING
Und jetzt...
... ab ins Bett.
Beep
Beep
Beep

OKTOBER
24.10.
MONTAG
Beep
Beep
09:00
SNOOZE
Bip
Beep
Mnnn...
HUAAAH
Huch?! Ich bin total klar.
Dabei habe ich gestern so gezecht.
WUOPP
...
Uuuh... mm...

Guten Morgen...
... Eiji.
Waaah, was für herrliches Wetter!
Huh?
Hä?
Was? Schon neun Uhr?!
Herrje ...
Ich hab heute ab zehn Uhr Vorlesung.
Ich bin... nackt?

Sorry, dass ich plötzlich so fickrig bin...
Man sagt doch »fickrig«, oder?
Pff.
»Fick-rig«...
Ein Slip, live und in Farbe...
WUPP
WUPP
Hört sich irgendwie falsch an...
»Fick-rig«...
Dieses Mädchen kenne ich doch von der Uni...
Ä... Ähm...
Was genau... ist das hier eigentlich?

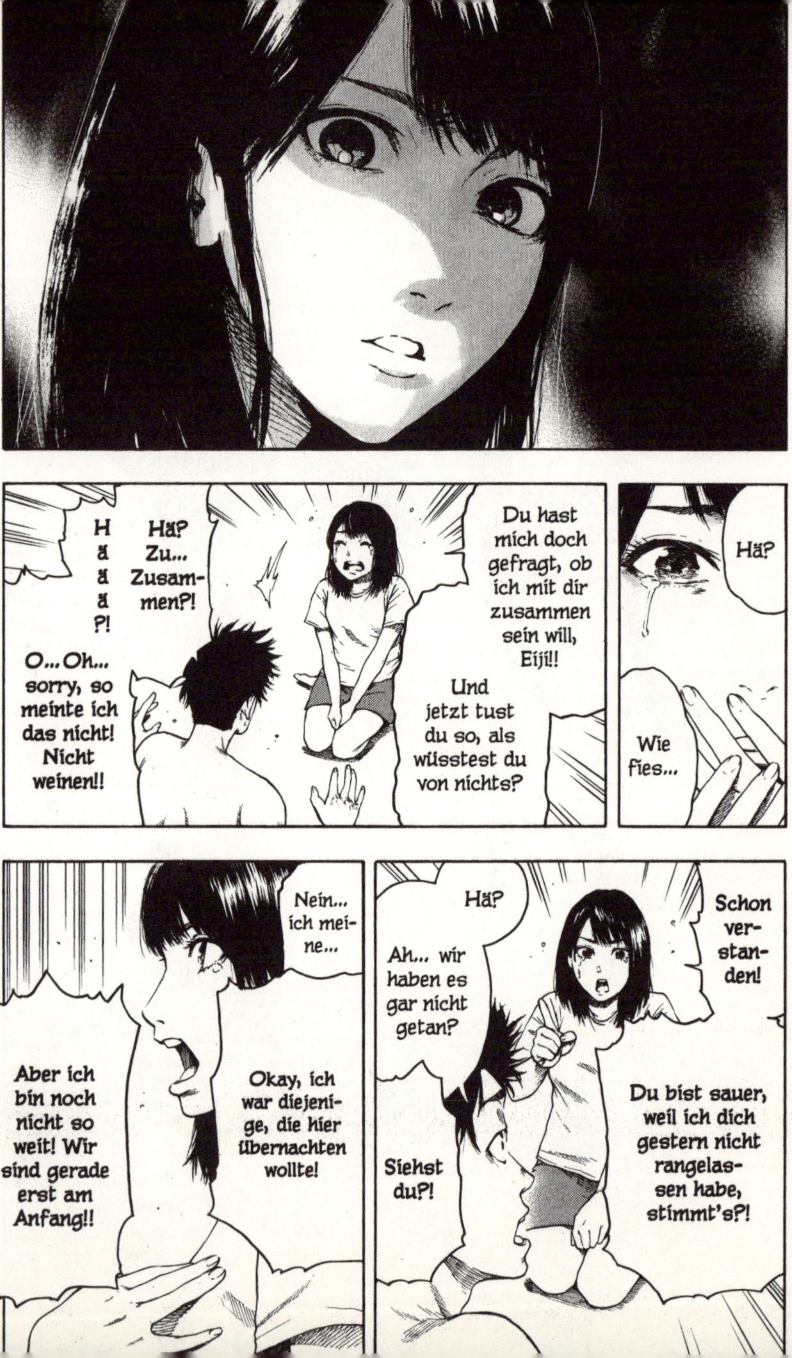
Hä?
Wie fies...
Du hast mich doch gefragt, ob ich mit dir zusammen sein will, Eiji!!
Und jetzt tust du so, als wüsstest du von nichts?
Hä? Zu... Zusammen?!
Häää?!
O...Oh... sorry, so meinte ich das nicht! Nicht weinen!!
Schon verstanden!
Hä?
Ah... wir haben es gar nicht getan?
Du bist sauer, weil ich dich gestern nicht rangelassen habe, stimmt's?!
Siehst du?!
Nein... ich meine...
Okay, ich war diejenige, die hier übernachten wollte!
Aber ich bin noch nicht so weit! Wir sind gerade erst am Anfang!!

Bei so was will ich mir Zeit lassen und einen Schritt nach dem anderen tun!!
Richtig... du hast völlig recht.
Ähm... ich wollte nur...
WOOSH
... si... sichergehen, dass wir... beide...
... zu... zusammen sind.
I... Ich meine, sieh dich doch an!
Dass ich mit so einem hübschen Mädchen... zusammen bin...
... kommt mir total irreal vor...
Was?
Wirklich? Danke.
Ich fühle mich wie in einem Traum.
Wahrscheinlich ist es einer.
Kyaah!
Weiter so, weiter! Lob mich mehr!
Das tut weh, also...
Oh nein!
Jetzt muss ich aber wirklich los!
Eiji.
Lassen wir es langsam angehen und lernen uns erst mal kennen.

Also dann, bis bald. ♡
Ach ja! Dein T-Shirt leihe ich mir so lange aus, okay?
KANG KANG KANG
Mach's guuut!
...

Was um alles in der Welt geht hier vor?
Ich war gestern mit Kashiwagi, Satoru und drei Mädels einen trinken...
... habe die letzte Bahn nach Hause genommen und bin sofort ins Bett gegangen.
Allein.
Aber heute früh wache ich plötzlich neben dieser Schönheit auf...
... Kyoka Yukimura.
Sie geht zur selben Uni und ist mir natürlich schon aufgefallen, weil sie so hübsch ist, dass sie auf dem Campus heraussticht.
Und mit der bin ich jetzt zusammen, nachdem ich sie gefragt habe?
War ich so betrunken?
Daran kann ich mich... überhaupt nicht erinnern...
...

Ist ja auch egal.
SNIFF
SNIFF
Mhmm, riecht das gut...
Dann war ich eben betrunken. Wenn es mir so eine süße Freundin eingebracht hat, bin ich mit dem Ergebnis mehr als zufrieden! ♪
»Wer das Leben genießt, gewinnt.«
Und an solchen Kleinigkeiten hänge ich mich grundsätzlich nicht auf!
Ah! Aber sie sagte ja, wir hätten gar keinen Sex gehabt.
Also bin ich letztendlich immer noch Jungfrau...
Sie hat mich auf die Wange geküsst...
Aber sie hatte keinen BH an.
Also, wie weit sind wir eigentlich gegangen?
Das würde mich interessieren!!

Eiji...
Na ja, wenn wir jetzt zusammen sind...
... werden wir all das hier früher oder später machen...
KLICK
KLICK
Uiuiui...
BONK
KLICK
KLICK
KLICK
Oh!
Ent-schul...

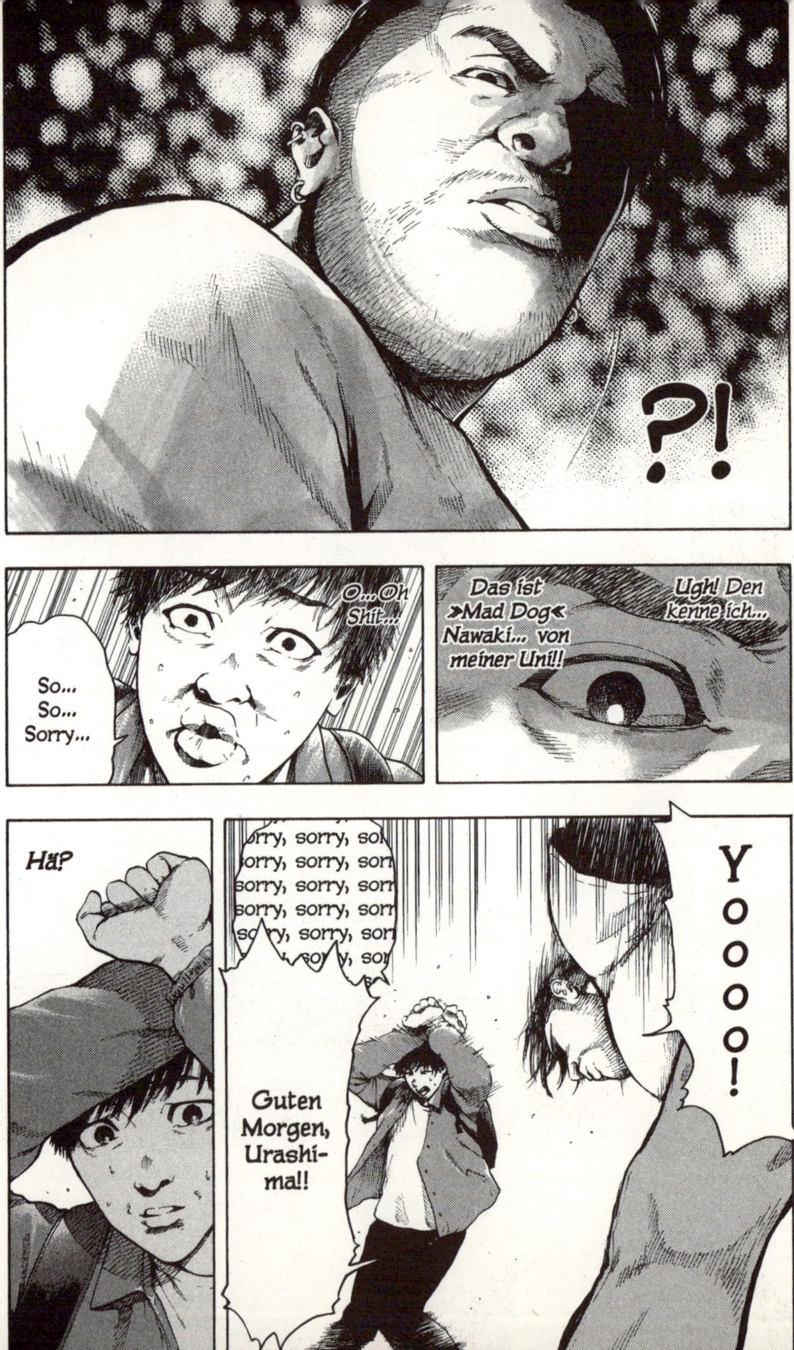
?!
Ugh! Den kenne ich...
Das ist »Mad Dog« Nawaki... von meiner Uni!!
O... Oh Shit...!
So... So... Sorry...
YOOOOO!
orry, sorry, so
orry, sorry, sor
sorry, sorry, sor
sorry, sorry, sor
Guten Morgen, Urashima!!
Hä?

Ah, meinst du deswegen?
Ich sagte ja schon, kein Ding.
Die trage ich nur, weil der Arzt darauf bestanden hat.
?
?
Falls du mal Hilfe brauchst, sag einfach Bescheid, Urashima!
Dann trommle ich ein paar Leute zusammen.
Also dann, schönen Tag noch.
Ähe-he...
...
Was denn, was denn?
Du hast »Mad Dog« Nawaki schon zu deinem Deppen gemacht?
Kashiwagi...
REMPEL
REMPEL
Abartig, wie der sich bei dir einschleimt, oder? Oder?
Was war... das denn gerade?
Ich meine, was ist mit seinem Auge passiert?
Willst du mich verarschen?

Die Verletzung hast du ihm doch beigebracht.
Ah... häää?!
Iiich?!
Nawaki ist ein übler Schläger und selbst an der Uni berüchtigt.
Er soll auch in einer Gang sein.
Aber das weiß ich nicht.
Und dann kommt Mr Langweiler persönlich und schickt ihn mit einer geraden Rechten ins Traumland.
Glaub mir, das war ein ganz schöner Schocker.
Warte... ich weiß echt nicht, wovon du da...
STING
Autsch...
Wa... Was ist das denn?

Hä...?
Was tut man nicht alles für seine Liebste, was?
Echt, deine Power war einfach unglaublich und wahnsinnig männlich!
Ich glaube, ich hab mich auch in dich verknallt, Eiji!!
Wovon... redest du da?
Na, von dir und deiner Freundin...
... Kyoka Yukimura.
Als du sahst, wie Nawaki sie anbaggerte, bist du kühn dazwischen gegangen und hast ihn in die Flucht geschlagen.
Das war der Anlass dafür, dass ihr zusammengekommen seid!

Angelt der Kerl sich einfach eine Kandidatin für die Wahl zur Miss Campus!
Haaach, wie ich dich beneideee!
Habt ihr schon geknutscht?
Sag bloß... ihr habt es schon getan!!
Hmm? Na los, spuck's schon aus!!
He...
Hey, beruhige dich...
Sag mal...
... wann war diese Prügelei denn?
Hä? Wann?
Na, vor drei Tagen.
Vo... Vor... drei Tagen?
Kashiwagi!
Heute ist doch der 24. Oktober, oder?

Was redest du heute bloß für Stuss, Eiji?!
Heute ist der 27. Oktober.
Hä?
OKTOBER
27.10.
DONNERSTAG
24.
MONTAG

12:46
DONNERSTAG, 27. OKTOBER
Goodle
Heute ist echt der 27.
Seltsam... Was zur Hölle läuft hier?
Am besten ordne ich erst mal meine Gedanken...
Soweit ich weiß, ist heute...
... Montag, der 24. Oktober.
Aber in Wahrheit ist Donnerstag, der 27. Oktober.
Das heißt, aus irgendeinem Grund...
SO MO DI MI DO
23 24 25 26 27
... sind meine Erinnerungen an die letzten drei Tage komplett ausgelöscht.

Die einfachste Erklärung ist wohl...
KALONK
... dass ich eine Amnesie habe... aber...
BOTH Cafe au Lait
... die Möglichkeit eines Zeitsprungs... ist auch nicht auszuschließen.
Was, wenn... hier so was wie übernatürliche Kräfte am Werk sind?
Kräfte, die ich neuerdings habe und nur noch nicht kontrollieren kann...
Aber wenn sie erwachen, kann ich Zeit nach Belieben löschen...
... und in dieser Zeit Dinge auslösen, die für mich von Vorteil sind...
Oh Mann... vielleicht bin ich ja dazu bestimmt, mit diesen Superkräften irgendeine teuflische Organisation zu bekämpfen...

Uwaah!
Bi... Bin ich erschrocken! Das ist doch eine... aus meinem Unikurs...
...

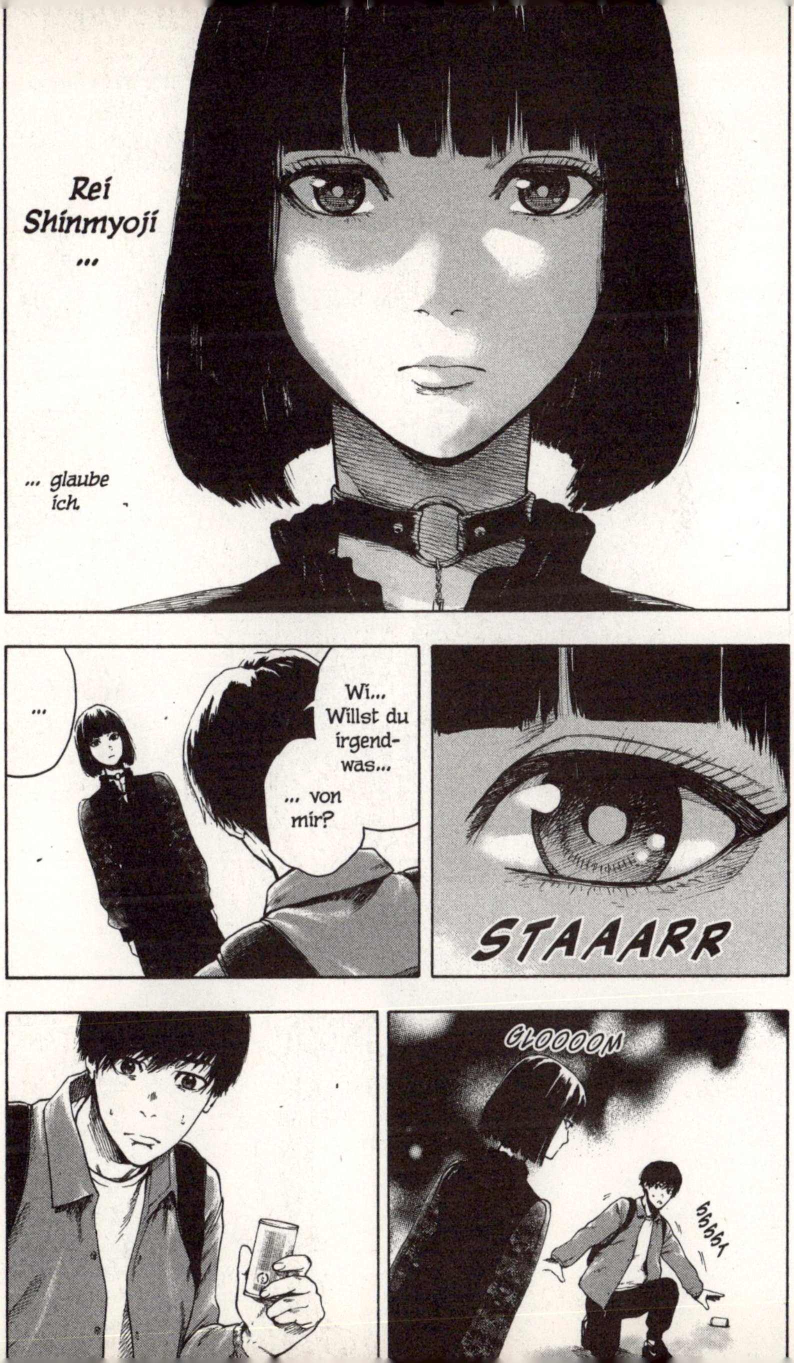
Rei Shinmyoji ...
... glaube ich.
STAAARR
Wi... Willst du irgendwas...
... von mir?
...
GLOOOOM

Stimmt ja, das ist so eine Depri-Braut, die immer allein ist...
... und noch nie mit jemandem aus unserem Kurs geredet hat.
...
Gut!
Okay, wenn nichts ist, dann gehe ich jetzt.
BOTH
Cafe au Lait

Du bist der »normale Eiji«.
SSST
»Der normale Eiji«, tss...
Aber, Mannomann, die ist ganz schön anmaßend.
Immerhin haben wir noch nie ein Wort gewechselt.
Sie hat gesprochen!

Die tut ja gerade so, als wüsste sie, wie ich normalerwei-se bin.
Aber vielleicht ...
FLIP FLIP
... passiert mit mir ja auch gerade irgendwas Ernstes!
HUAAH
Ach was, scheint alles okay zu sein.
Kein Grund, ins Grübeln zu geraten.
BOOP BOOP
NEUE NACHRICHTEN
KYOKA YUKIMURA ♡ 3
Wann haben wir denn Nummern getauscht?

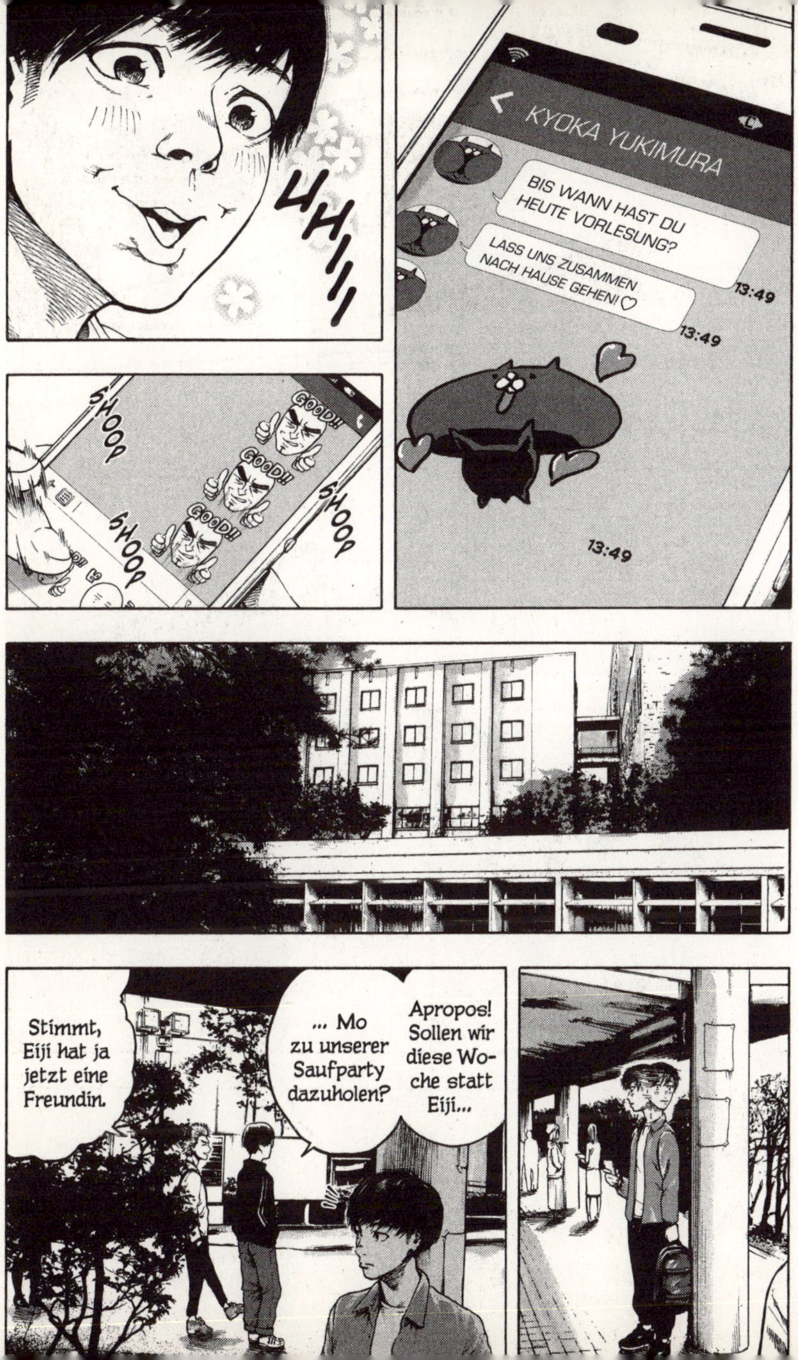
KYOKA YUKIMURA
BIS WANN HAST DU HEUTE VORLESUNG?
13:49
LASS UNS ZUSAMMEN NACH HAUSE GEHEN! ♡
13:49
13:49
UHIII
GOOD!!
GOOD!!
GOOD!!
SHOOP
SHOOP
SHOOP
Apropos! Sollen wir diese Woche statt Eiji...
... Mo zu unserer Saufparty dazuholen?
Stimmt, Eiji hat ja jetzt eine Freundin.

Jepp ... Das auch, aber...
Wenn er dabei ist...
... muss man immer so aufpassen. Du weißt schon...
Die Mädels neulich sind auch geflüchtet...
... als sie hörten...
... was Eijis »wahres Geheimnis« ist.

* In Asien heimische Süße Duftblüte

Oder?
Sag ich doch!
Und dieses Mäd-chen...
... ist meine Freundin! Wow...
Duhu-uu?
Kann ich heute wieder bei dir über-nachten, Eiji?
Hä? Schon wieder?
Wieso nicht, ist doch okay, oder?
Lass uns »Mario Kart« spielen!
A... Aber...
... du hast doch nichts zum Wech-seln dabei.

Zahn-
bürste
...
... Make-up-Entferner...
Was brauche ich noch ...?
DIE PERFEKTE PASSFORM FÜR DICH
MADE IN JAPAN
ZERO ZERO THREE
0,03
REAL FIT
PERFEKTE PASSFORM
DÜNN UND GEFÜHLSECHT
MADE IN JAPAN
ZERO ZERO THREE
0,03
LEICHT ÜBERZUSTÜLPEN
MADE IN JAPAN
ZERO ZERO THREE
0,03
JEDEN TAG SICHERE PREISE
003
JEDEN TAG SICHERE PREISE
003
BOOOOOSO
GULP
ZING

Kauf sie ruhig.
So was ist schließlich wichtig.
Aber wir beide sind noch nicht so weit.
Phh...
Hahahahaha, die Enttäuschung steht dir ja regelrecht ins Gesicht geschrieben!
Haah, mir kommen die Tränen vor Lachen.

Ä... Ähm, sag mal...
Wa... Warum ...
... wolltest du eigentlich mit mir zusammen sein?
Was ist das denn für eine Frage?
N...Na ja, das interessiert mich eben.
Hmmm...
Weil du unglaublich cool warst.
Wie du mich vor diesem Rowdy gerettet hast, war der helle Wahnsinn.
Man sieht es dir zwar überhaupt nicht an, aber...
... du bist jemand, auf den man sich hundertprozentig verlassen kann.
Wi... Wirklich?
Leider... erinnere ich mich an nichts davon.
Außerdem hast du etwas Rätselhaftes an dir, Eiji.
Du bist ein echtes Mysterium.
Bi... Bin ich das?

Hey!
SQUISH
Sieh mich an!
Wende nie die Augen von mir ab, okay?
Okay.
Eiji Urashima, 20 Jahre alt...

... erlebt gerade den schönsten Tag seines Lebens.
Eiji!
Lass uns noch ein paar Dosen Bier kaufen!
Ich habe Lust, was zu trinken.
Was ist mit dir?
Wenn wir betrunken sind, finde ich schon einen Weg...
Ah! Du überlegst gerade, mich betrunken zu machen und dann rumzukriegen, stimmt's?
Woher weißt du das?
Kannst du Gedanken lesen?
Weil du total leicht zu durchschauen bist, Eiji.
Also ist es wahr, dass Männer immer nur das Eine wollen? Willst du es tun?
Ne... Nein...
Wow, das ist...
... echt schön.

Ich wünschte, ich könnte für immer mit diesem Mädchen zusammenbleiben.
Eiji?
Hö... Hör mal...
... Kyoka, es...
... gibt da etwas, das ich dir sagen muss.

Was denn?
Ähm...
Na ja...
Schon gut, sorry.
Ist vielleicht doch kein guter Zeitpunkt.
Hää? Ist das dein Ernst?!
Sag schon! Jetzt hast du mich neugierig gemacht!
Irgendwann...
... sage ich es dir, versprochen.
MÖÖP
Wehe, wenn nicht!
KNIPS
KNIPS
KNIPS
KNIPS
KNIPS
KNIPS
KNIPS

Guten Abend...
... Eiji Urashima.
FREIER JOURNALIST
HOSAKU ISSUN
Dürfte ich dir ein paar Fragen stellen?
Ein Journalist?
Äh...
Sorry, aber... nicht jetzt.

Wie ich sehe, lebst du jetzt allein.
Also gehst du nicht mehr ins »Haus der Urashimas« zurück?
Du kannst dich wirklich glücklich schätzen, dass man dich überhaupt an einer Uni studieren lässt.
Apropos, ist es wahr, dass du neulich in eine Schlägerei verwickelt warst?
Wie ich höre, wurde dein Gegenüber verletzt.
Hast du ihm diese Verletzung zugefügt, Eiji?
Ähm...
Lassen Sie mich bitte in Ruhe!
15 Jahre sind seit damals vergangen...
... aber als Journalist bin ich der Meinung...
... dass es auf keinen Fall in Vergessenheit geraten darf.
Deshalb frage ich dich noch einmal...

Ich bitte Sie!
Heute nicht... okay...?
Bist du seine Freundin?
Mo... Moment mal...
Was fällt Ihnen ein?!
Hast du es deiner Freundin schon erzählt?
Du weißt schon...

Hören Sie auf!
Eiji, was hast du denn? Beruhige dich!
Nicht vor Kyoka...
Dass du...
Auf-hören!!
Alles...
... nur das nicht.
Sagen Sie es nicht!

... der »Sohn eines Serien-mörders« bist...

Hast du schon mal vom LL-Fall gehört?
Damals verschwanden eine Reihe...
... hübscher Studentinnen wie du. Und später...
LEICHEN DER VERMISSTEN STUDENTINNEN GEFUNDEN
... fand man ihre bestialisch zugerichteten Leichen.
LL war der Spitzname des Mörders.
Und dieser LL war sein leiblicher Vater...
... Makoto Hachinoi.

Und das hast du deiner Freundin verschwiegen?
Wie unfair! Ich finde, du hättest es ihr sagen müssen!
Das weiß ich auch.
Ich will es ihr ja sagen.
Hast du mal darüber nachgedacht, was die Leute über sie denken...
... wenn sie sie mit dir zusammen sehen?
Nein, du denkst immer nur an dich selbst, was?
Das ist nicht wahr... ich wollte nur noch mit Kyoka...
Als Sohn eines Serienkillers...
... solltest du nicht einmal davon träumen, ganz normal glücklich zu werden.

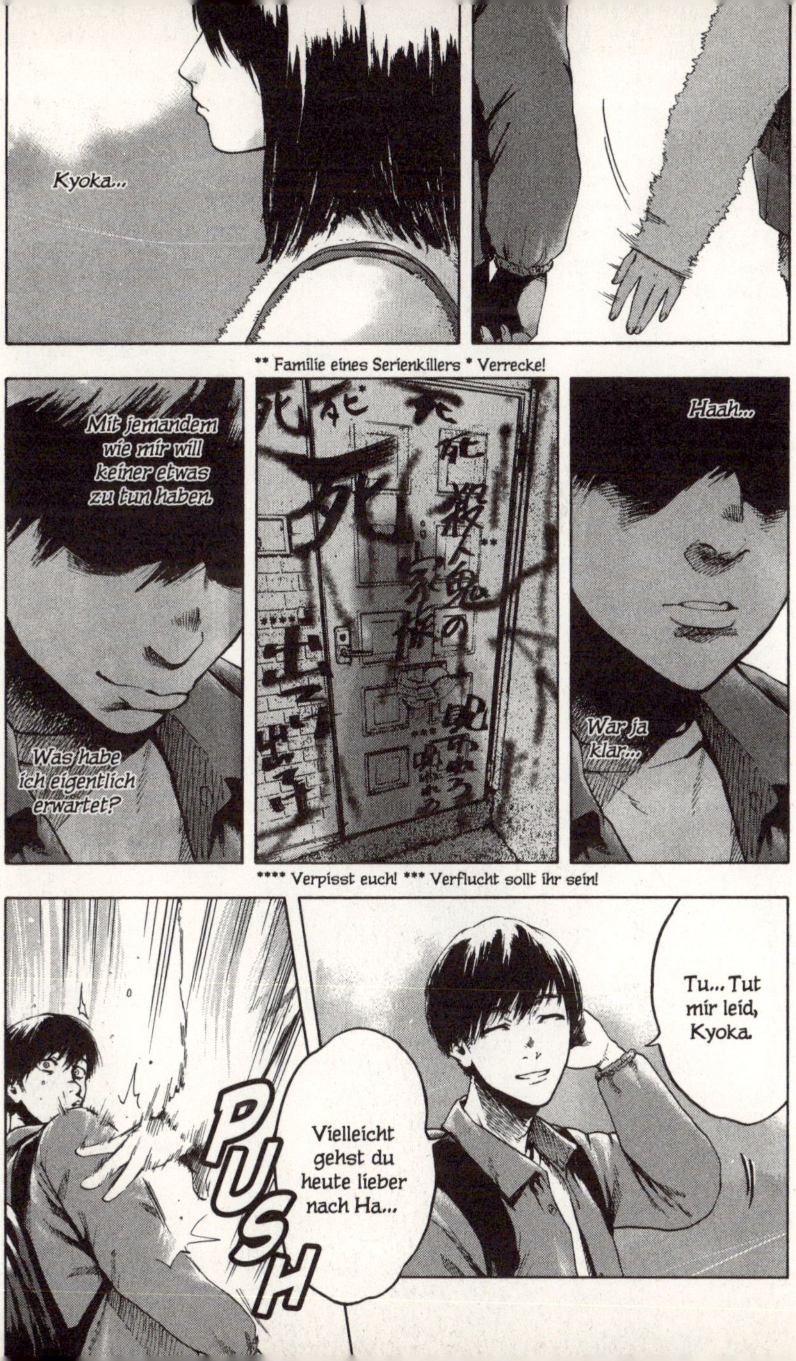
Kyoka...
** Familie eines Serienkillers * Verrecke!
Haah...
War ja klar...
Mit jemandem wie mir will keiner etwas zu tun haben.
Was habe ich eigentlich erwartet?
**** Verpisst euch! *** Verflucht sollt ihr sein!
Tu... Tut mir leid, Kyoka.
Vielleicht gehst du heute lieber nach Ha...
PUSH

Hey, Sie!
Was genau wollen Sie eigentlich mit alldem sagen?!
Was sein Vater getan hat...
... hat doch mit Eiji nichts zu tun!!

Und überhaupt! Was fällt Ihnen ein, uns mitten in der Nacht aufzulauern?!
Wenn hier einer nicht fair ist, dann sind Sie das, verstanden?!
Was Sie hier tun, ist ein Angriff. Sie üben Gewalt aus! Verbale Gewalt!
Was ist denn da los?
Ein Streit?
Ob Sie nun Reporter sind oder was auch immer, Sie...
Ach! Wenn es unangenehm wird, ergreifen Sie einfach die Flucht?
Pah!
Sie sind mir ja ein schöner Journalist!!
Nur zu, gehen Sie ruhig nach Hause!
Also dann...
Tschüs-siii!!
Baaah... widerlich.
Diese Art Mensch macht mich wütend.
Nimm dir so was ja nicht zu Herzen, Eiji!
Kyoka... wieso...
Hm?

Aah!
Weil ich es schon wusste.
Hä?
Na ja, du bist ziemlich berühmt, weißt du?
An der Uni wird viel über dich geredet.
Und seit wir beide zusammen sind...
... kommen sogar Wild-fremde zu mir, um mich über dich aufzuklären.
A...
Ach, echt?
Aber so was ist total irrelevant.
Na ja, norma-lerweise finden Leute das schon relevant.
Echt?
Keine Ahnung, aber...

Dein Vater ist dein Vater.
Und du bist du, Eiji.
Mir macht es jedenfalls nichts aus.
Und an solchen Kleinigkeiten hänge ich mich grundsätzlich nicht auf!
Los, gehen wir zu dir!
War... te... ... kurz ...
... Was ist denn?

Ich...
Huch?!
Wi... Wie kann das denn...?

Wieso muss ich jetzt heulen?
In dieser Situation zu weinen...
... ist das Uncoolste überhaupt.
»Wer das Leben genießt, gewinnt.« Oder nicht?
Also lache...
Na los!
Lach schon!

Nur, dass du Bescheid weißt...
Bloß weil du jetzt weinst, lasse ich dich heute noch lange nicht ran.
Oooch ...
Und ich dachte, ich könnte dich mit meinen Tränen rumkriegen...
Du bist...
... wirklich leicht zu durchschauen.
Aber auch wenn wir keinen Sex haben...
... küssen können wir schon.
Ich finde Küssen nämlich echt schön.
Also lass uns jede Menge knutschen, okay?
Kü... Hoffentlich kann ich mich beherrschen, wenn beim Küssen Schluss ist...
Klar, kannst du! Das schaffst du locker!

OKTOBER 28.10. FREITAG

Wie's scheint, kandidiert sie für die Wahl zur Miss Campus.
Im Ernst? Gut gemacht, Eiji!
Deine Mutter war nicht nur Kandidatin, sondern wurde zur 78. »Miss Süßkartoffel« gewählt.
Verrate ihm nicht meine dunkle Vergangenheit.
Und ich habe es ihr gesagt...
Oder besser, sie wusste es von Anfang an.
Sie ist trotzdem deine Freundin geworden?
Was für ein gutes Mädchen.
Ich hoffe, ihr habt nichts dagegen, wenn ich sie mal mitbringe.
Ich würde ihr gern zeigen, dass nicht der Kerl...
... sondern ihr mein Vater und meine Mutter seid...
... und sie euch vorstellen.

Du kannst sie jederzeit mitbringen, Eiji.
Jetzt hat der Junge schon eine Freundin.
Wie schnell die Zeit vergeht.
Wie geht's Schwesterchen?
Hm... unverändert.
Sie ist immer noch so.
Verstehe...
Ach ja, frag deine **Freundin** mal, was sie mag.
Damit Mutter ihr was Leckeres zaubern kann.
O... Okay, mach ich.

OKTOBER | 29.10. SAMSTAG

SST
Das Sediment hat sich dort gesammelt, wo keiner es sehen kann.
Schau nur weiter weg. Aber irgendwann wird es den Deckel sprengen und hervorquellen.
Und dann wird das Sediment dich am Fuß packen und nie wieder loslassen.

Öhm... sprichst du mit mir?
Ich meine, ich wusste gar nicht, dass du so viel redest.
Das kommt darauf an, wie man »reden« definiert.
Ich habe nicht das geringste Interesse an unnötigen Worten.
Wenn ich jedoch glaube, eine Angelegenheit erfordere meine Einschätzung...
... bin ich bereit, sie meinem Gegenüber mit einem Mindestmaß an Worten mitzuteilen.
Hä...?
Wie war das?

Lauf, so weit du willst. Der Tatsache...
... dass du der Sohn des Serienmörders Makoto Hachinoi bist, kannst du nicht entfliehen.
Irgendwann...
... wirst du dich dem stellen müssen.
Bevor es irreversibel wird.

NOVEMBER
01.11.
DIENSTAG
TATÜTATA
TATÜTATA
TATÜTATA
TATÜTATA
* Fahndung
Ah, Frau Momoi ...
Was für ein Tag!
Kann man wohl sagen!

WOOSH
BLAAAARGH
Hey, Inu! Hören Sie auf, den Tatort zu verwüsten!!
Kotzen Sie irgendwo anders!!
So... Sorry, Frau Momoi, aber das diesmal... ist wirklich...
Bl... argh...
Meine Güte, wann gewöhnen Sie sich endlich daran?!
Er hat recht...
So eine Leiche habe selbst ich noch nicht gesehen.
Die Folterspuren sind entsetzlich...
BZZZZ

BZZ
BZZ
BZZ
BZZ
BZZ
BZZ
BZZ
BZZ

WOOSH
Nanu... Frau Momoi?
Sie über-gibt sich sonst nie.
Tja, man hat auch schon Pferde kotzen sehen...
Ähehe...

Ich fasse es nicht...
Genau wie...
... vor 15 Jahren...
Soll das heißen...

Der Serienmörder LL... ist zurück?

2. Kapitel
DER SERIEN-MÖRDER LL...
... RICHTIGER NAME MAKOTO HACHINOI...
... WAR EIN BLUTRÜNSTIGER KILLER, WIE MAN IHN NOCH NIE ZUVOR IN DER KRIMINAL-GESCHICHTE GESEHEN HATTE.
MIT 14 JAHREN BEGING ER SEINEN ERSTEN MORD UND ERSCHLUG EINEN GLEICHALTRIGEN JUNGEN, DEN ER MIT SEINER GANG ÜBER-FALLEN HATTE.
DA ER NOCH MINDERJÄHRIG WAR, BEKAM ER MILDERNDE UMSTÄNDE UND ENTGING EINER HAFTSTRAFE.
DAS WAR NUR DER AUFTAKT FÜR EINE VIELZAHL VON ANDEREN VERBRECHEN, IN DIE DIESER BRUTALO IN-VOLVIERT WAR.
UND DANN, VOR 15 JAHREN...
... ALS HACHI-NOI 21 JAHRE ALT WAR...
... FAND MAN IN DEN BERGEN VON Y IN DER PRÄFEKTUR S DIE LEICHEN MEHRERER VERMISSTER STUDENTINNEN.

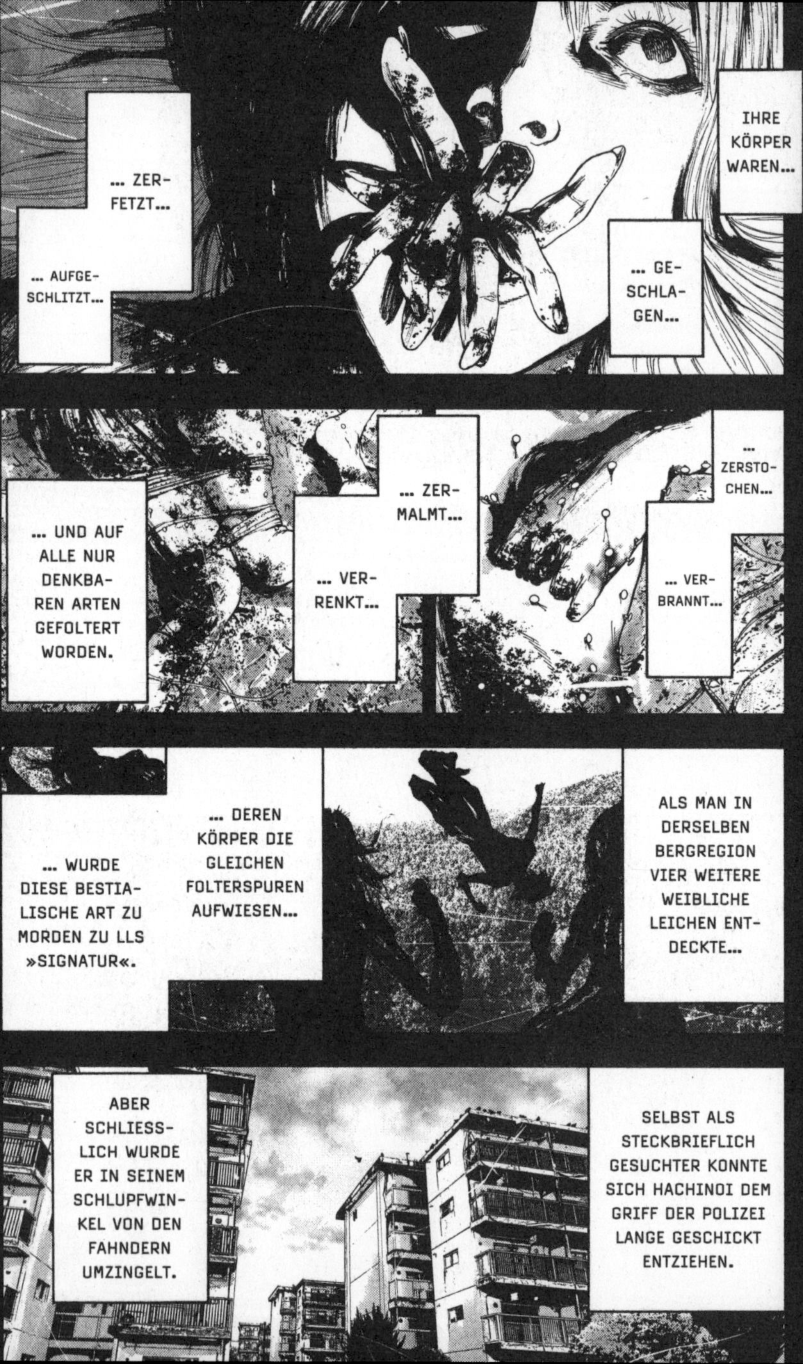
IHRE KÖRPER WAREN...
... GESCHLAGEN...
... ZERFETZT...
... AUFGESCHLITZT...
... ZERSTOCHEN...
... VERBRANNT...
... ZERMALMT...
... VERRENKT...
... UND AUF ALLE NUR DENKBAREN ARTEN GEFOLTERT WORDEN.
ALS MAN IN DERSELBEN BERGREGION VIER WEITERE WEIBLICHE LEICHEN ENTDECKTE...
... DEREN KÖRPER DIE GLEICHEN FOLTERSPUREN AUFWIESEN...
... WURDE DIESE BESTIALISCHE ART ZU MORDEN ZU LLS »SIGNATUR«.
SELBST ALS STECKBRIEFLICH GESUCHTER KONNTE SICH HACHINOI DEM GRIFF DER POLIZEI LANGE GESCHICKT ENTZIEHEN.
ABER SCHLIESSLICH WURDE ER IN SEINEM SCHLUPFWINKEL VON DEN FAHNDERN UMZINGELT.

SCHLUSS-ENDLICH ZÜNDETE ER SICH AN...
... UND BEGING SELBSTMORD.
DIE WAHRHEIT ÜBER DIE
TÄTER VERBRENNT SICH SELBST
DAFÜR, DASS DIESES MONSTER DIE WELT SO ERSCHÜTTERT HATTE, WAR ES EIN RECHT BANALES ENDE.
KÖNIG EINES PROSTITUTIONS
DER REIZ DER UNTERWELT
LL ALIAS MAKOTO HACHINOI
DER TRAGISCHE ABSCHLUSS DER
WAS BEDEUTET LL
ABER...
... DIE DISKUSSION UM DEN FALL GING WEITER, DENN UNMITTELBAR VOR SEINEM SELBSTMORD HATTE HACHINOI AUF EINER WEBSITE EINE NACHRICHT HINTERLASSEN.
»ICH WERDE WIEDER TÖTEN! LL«
MIT ALL DEN UNBEANTWORTETEN FRAGEN UND UNBESTÄTIGTEN FAKTEN...
... ZIEHT DIESER ALS »LL-FALL« BEKANNT GEWORDENE SERIENMORD IM GROSSRAUM TOKYO AUCH HEUTE, 15 JAHRE SPÄTER, NOCH WELTWEIT AUFMERKSAMKEIT AUF SICH.
UND DIESE AUFMERKSAMKEIT FÖRDERTE EINE WEITERE TATSACHE ZUTAGE:

DER SERIENMÖRDER LL ALIAS MAKOTO HACHINOI HATTE EIN KIND.
DAS KIND EINES SERI-ENMÖRDERS.
EIN KIND, AUF DEM EIN SCHICKSAL-HAFTER FLUCH LASTET...
DING DOOOONG
DING DOOOONG
DING DOOONG
... komme!
KRZZ KRZZ
KLACK

WOOSH
Guten Morgen, Eijiiii!
Kyo... Kyoka?!
HÜUUUUG
Ich hatte solche Sehnsucht nach dir! Komm her, duuu...!!
Uuh... du erdrückst mich ja, Kyo-ka. Gihihi...
Ei... Eine Glücks-umarmung!
Los!
Mach schon, lass uns gehen!
Gehen? Wohin denn?
Zu unserem Date!
Du hast mir eins ver-sprochen.

Nanu?
Nanu, nanu, nanu, nanu?
Hast du das etwa vergessen?
Unser Date.
Eiji, Eiji.
Hier, sieh selbst.
Du hast es mir versprochen, richtig? Siehst du? Hab ich recht?
FLUMP
Tut mir wirklich leid!!
Darf ich dich dafür zum Abendessen einladen?!
Hm, die Wendung gefällt mir.
Na gut, da du dich so prompt entschuldigst, verzeihe ich dir und begnüge mich mit Sushi.
Das vom Fließband?
Natürlich nicht. Das Teure.
Also, Entschuldigung angenommen.
Und jetzt mach dich fertig, na los!
O... Okay!

Seltsam...
Habe ich ihr wirklich...
... ein Date versprochen?
Hof-fentlich reicht mein Geld...
Für die Traumreise mit meiner zukünftigen Freundin♡
Ne... Nein...
Das rühre ich lieber noch nicht an...
FLATTER
Hm?
Hä? Uoh!
Geld?!

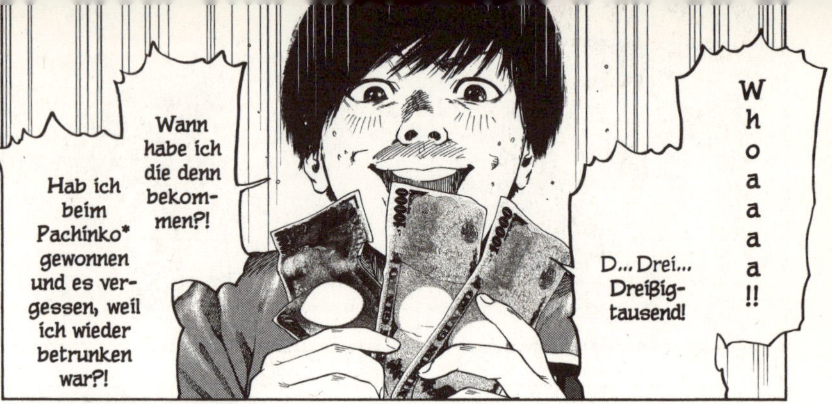


* In Japan beliebter Spielautomat

Ni... Nichts gegen Sushi, aber...
... sollen wir nicht lieber hier etwas essen, wo wir schon mal da sind?
Hä? Lass mal, das sieht echt teuer aus...
Das heute früh war nur Spaß.
Das tue ich doch gern, ich will ja selbst hier essen!
Sogar Champagner hast du bestellt...
Deine Hände zittern ja.
DRRRRR
Hmm? Ach was, alles okay! Mir geht's gut.
Hahaha...

DRRRR
OPTIONEN
Willst du nicht rangehen?
DRRRR
Nö, jetzt nicht.
Ist das etwa ein Mädchen?
Quatsch.
DRRRR
...
DRRRR
Das ist doch eine Frau!!
GRAP
Ah!
VERFLUCHT, VERFLUCHT, VERFLUCHT, VERFLUCHT, VERFLUCHT, VERFLUCHT, VERFLUCHT, VERFLUCHT, VERFLUCHT SEIST DU...
... DU AUSGEBURT DES TEUFELS LL!

TUUUT TUUUT TUUUT
Das war ja mal eine heftige Liebeserklärung.
Jepp, ich habe ein paar sehr enthusiastische Fans.
Ganz schön hart. Und von Reportern wirst du auch verfolgt...
Tja, bei mir ist halt eine Menge los.
Aber ich finde, du lässt dir davon nicht viel anmerken, Eiji.
»Als Kind kann man sich seinen Vater nicht aussuchen.«
»All diese Menschen habe ja nicht ich ermordet.«
Diese Sätze sage ich mir immer wieder.
Aber...
... ich weiß auch, dass meine Umgebung das ganz anders sieht...
KRA
KLIRR

Was ist passiert?
Eine Prügelei.
Wie's scheint, hat Ryo sich über Urashima lustig gemacht...
Aber ihn deshalb gleich mit der Vase zu schlagen...
Beängstigend, was?
Tja, er ist halt der »Sohn eines Serienkillers«...
Aber da ich daran letztlich nichts ändern kann...
... lohnt es sich auch nicht, darüber nachzudenken...
Ich verstehe dich, Eiji.
Wirklich, ich verstehe dich sehr gut.

カラオケ
ビッグエコー
Ich weiß selbst, dass mein Leben ganz schön hart ist.
Man könnte auch sagen...
... ich habe ein richtig mieses Los gezogen.
Aber...
... das heißt nicht, dass alles schlecht ist.

* Karaoke

STARR
UNGH
Wow, heißt das...

SST
Eiji!
Ah! Sorry...
Es ist mit mir durchgegangen!!
Hier...
... will ich das nicht.
Hä?!
A...Ach so, sorry...! Natürlich!
BOFF
O...Ooh, nur die Ruhe. Ganz cool bleiben.
KH
UGH

VRUSH
GULP
Si...
Sind die
weich...

WUOPP
E... Endlich...
... ist es so weit...
...
Da... Darf ich?
Hä?
Darf ich...
... weiter... machen?
HIHI
SQUISH
Was redest du denn da?

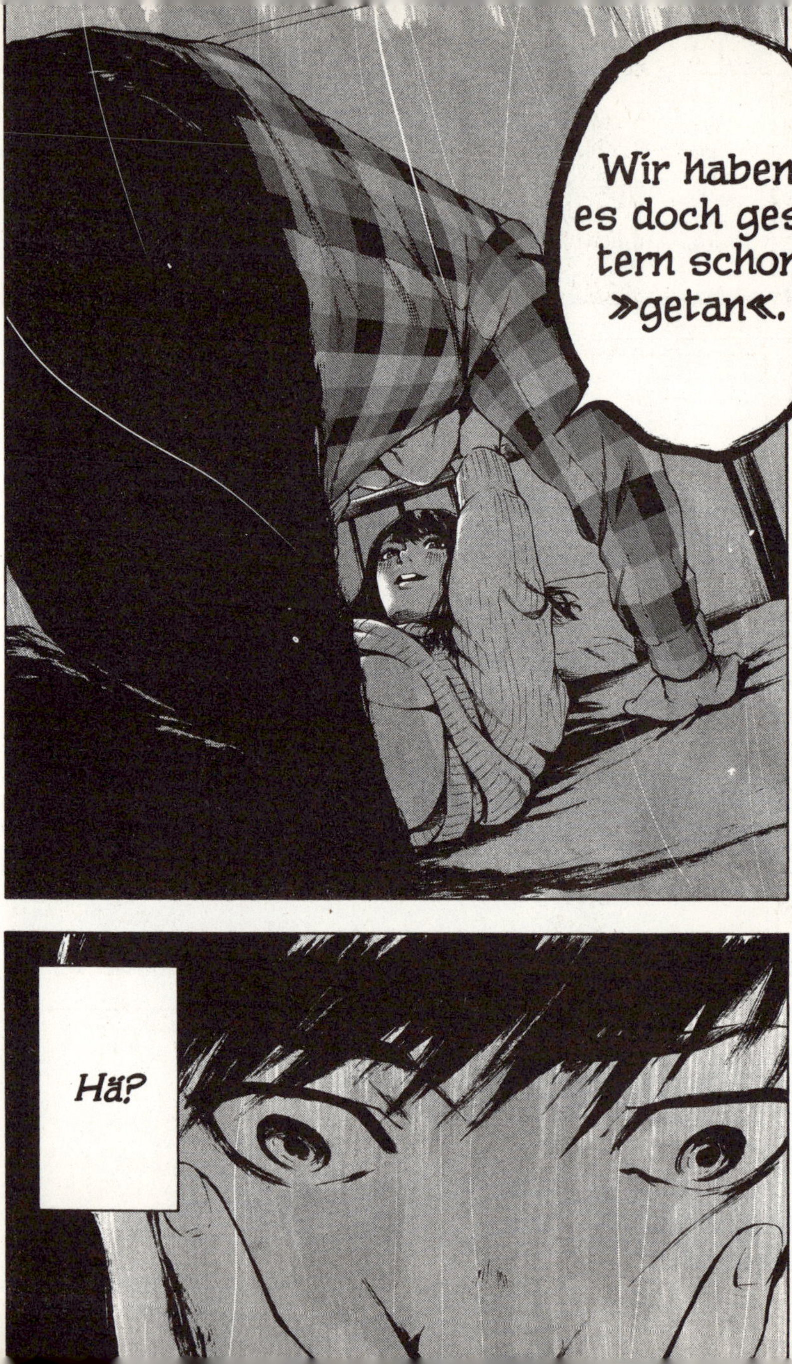
Wir haben es doch gestern schon »getan«.
Hä?

Wa...
Was soll das denn heißen?
Wir haben es... gestern schon getan?
H... Häää?! Heißt das...
... ich bin keine Jungfrau mehr?!
Ich... bin froh, dass du mein Erster warst, Eiji.
Hä? Was? Wie bitte? Für Kyoka war es auch das erste Mal?
...
Warte mal!
Wa... was, was, was, was, was, was, was, was?!
Ich kann mich...
... an überhaupt nichts erinnern!

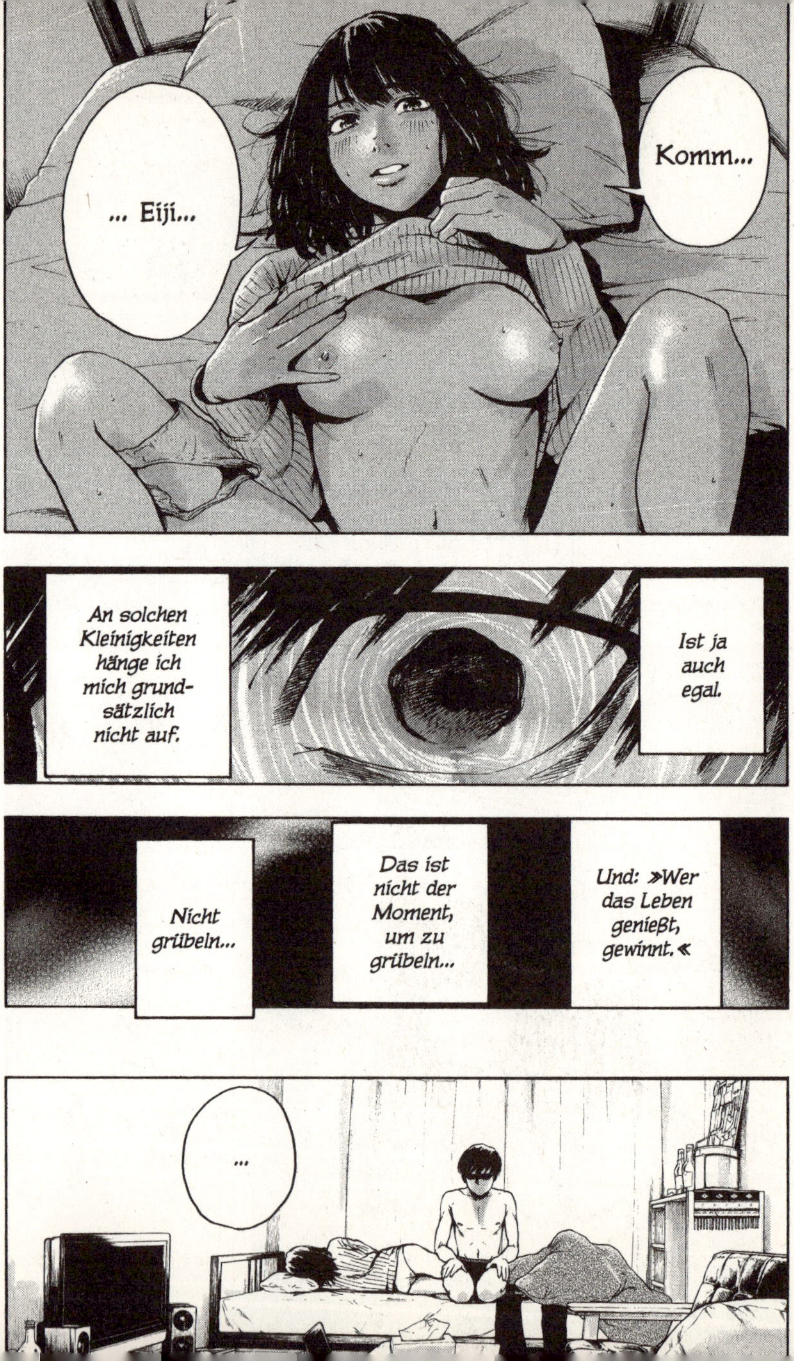
Komm...
... Eiji...
Ist ja auch egal.
An solchen Kleinigkeiten hänge ich mich grundsätzlich nicht auf.
Und: »Wer das Leben genießt, gewinnt.«
Das ist nicht der Moment, um zu grübeln...
Nicht grübeln...
...

Tut mir leid... ... Kyoka.
Ich weiß auch nicht, aber ich schätze, es liegt daran...
... dass ich vorhin zu viel getrunken habe.
Willst du...
... dass ich es dir mit dem Mund mache?
Ni... Nicht doch...
Das ist...
... echt nicht nötig...
Und wie ich das will!
Tut mir wirklich leid, dass ich ausgerechnet jetzt schlappmache...
Hey, lass das! Hör auf, dich zu entschuldigen!
Sonst komme ich mir noch vor wie eine Nymphomanin...
Nein, ernsthaft. Als Mann fühle ich mich erbärmlich...
Das ist doch Unsinn, Eiji.
Denk mal an gestern.
Da hast du mir etwas gesagt...
... das mich wahnsinnig glücklich gemacht hat, weißt du noch?

Diese Worte...
... waren die nettesten, die ich in meinem Leben gehört habe.
Da halte ich dich wegen so einer Kleinigkeit nicht für erbärmlich, Eiji.
Also mach dir nichts draus, okay?
Kyoka...
Tut mir leid...
... aber...

An diese Worte kann ich mich auch nicht erinnern.
PLING
KASHIWAGI
SEHR VEREHRTER HERR URASHIMA,
AUFGRUND MEINER DERZEIT ÄUSSERST SCHWACHEN KONSTITUTION ERSUCHE ICH EUCH UNTERWÜRFIG, MICH AM MORGIGEN FREITAG IN DER 2. STUNDE ALS ANWESEND EINZUTRAGEN. HUST HUST ... HUST ...
Schon klar, Kashiwagi...
Ihr wollt euch heute wieder bis zum Morgen besaufen, stimmt's?

EREHRTER HERR URASHIMA,
AUFGRUND MEINER DERZEIT ÄUSSERST SCHWACHEN KONSTITUTION ERSUCHE ICH EUCH UNTERWÜRFIG, MICH AM MORGIGEN FREITAG IN DE
2. STUNDE ALS ANWESEND
TRAGEN. HUST HUST..
HUST...
Hm?
Am morgigen... Freitag?
Quatsch, heute ist doch...
... Sonntag, der 30. Oktober.
23:52
DONNERSTAG, 3. NOVEMBER
Goodle
Ah...
Schon wieder...

... ein Zeitsprung...
NOVEMBER
04.11.
FREITAG
Haaah...

Letztes Mal...
... habe ich die drei Tage vom 24. bis zum 26.10. übersprungen.
SO MO DI MI DO
Dieses Mal waren es die vier Tage vom 30.10. bis zum 2.11.
SA SO MO DI MI DO
Und...
... wieder kann ich mich an überhaupt nichts erinnern.
Ich habe bisher nicht groß darüber nachgedacht, aber...
... mit meinem Körper passiert offensichtlich etwas, das alles andere als normal ist.
Ich muss herausfinden, was die Ursache dafür ist...
... sonst habe ich ein Problem...
... fürchte ich.
Wo endet der Himmel und wo beginnt das All? Was meinst du?

!
Du schon wieder...?
Rei Shinmyoji...
Wenn der Himmel als Bereich mit Luft und das All als Bereich ohne Luft definiert ist...
... was, glaubst du, wo dann die Grenze verläuft?
Woher soll ich das wissen?
Was soll das überhaupt?
Die Antwort lautet: »Es gibt keine klare Grenze«.
Ach wirklich ...
Das...

... war die Antwort...
... die du mir vor drei Tagen gegeben hast.
WOOSH
Also erinnerst du dich tatsächlich nicht.
Wie lang sind die Blackouts denn mittlerweile?
Und mit welcher Häufigkeit treten sie auf?
Wo ...
Woher weißt du...
Beobachtung und Deduktion.
Und eine Fangfrage ist hin und wieder auch sehr effektiv.
Die Sache mit dem Himmel und dem All war eine Lüge.
Über so etwas habe ich nie mit dir gesprochen.
Waaas ?!

Du musst aufhören...
... so leichtgläubig zu sein.
Die Grenzen der Wahrheit legst immer du selbst fest.
Sonst wirst du betrogen, ausgenutzt und irgendwann vernichtet.
Von wem denn?
Von dem »anderen Eiji«.
... Wovon zur Hölle redest du da?
Von dem, was mit deinem Körper passiert.
Dir muss doch aufgefallen sein, dass mit dir etwas nicht stimmt...
... Eiji.

Du hast eine dissoziative Identitätsstö-rung...
... also... eine »gespaltene Persönlichkeit«, wie ich fürchte.

Ge...
Gespaltene... Persönlich... keit?
Und ich warne dich.
Wenn du gegen den »anderen Eiji«...
... nennen wir ihn mal »B1«...
Wenn du gegen B1 nichts unternimmst, wird das mit großer Wahrscheinlichkeit übel für dich enden.
Mo...
Moment mal!
Wieso habe ich plötzlich eine gespaltene Persönlichkeit?
...
Hey!
Hüllst du dich jetzt wieder in Schweigen?!

Ich sagte ja schon...
Irgendwann wird das Sediment den Deckel sprengen und hervorquellen.
Das »Sediment«, vor dem du weiterhin die Augen verschließt...
Ich denke, es ist offensichtlich, was das ist.
Das...
... »Sediment«?
**** Stirb! *** Fahr zur Hölle, Sohn eines Serienkillers! ** Ausgeburt des Teufels * Verflucht seist du!
地獄へ落ちろ
殺人鬼の息子
呪
死ね
悪魔の子
Was soll das sein?

FETZ
FETZ
FETZ
Eine gespaltene Persönlichkeit ...
... aha.
Ich muss zugeben, das würde einiges erklären.
Die tagelangen Erinnerungslücken...
... die Tatsache, dass ich während dieser Zeit »anders als sonst« bin...
Und die Ursache für all das...
GESPALTENE PERSÖNLICHKEIT
AUCH: DOPPELTE PERSÖNLICHKEIT
WENN IN EINER PERSON ZWEI VÖLLIG UNTERS
PERSÖNLICHKEITEN EXISTIEREN. GEWÖHNLIC
DER EXISTENZ DES ANDEREN NICHT BEWUS
DREI ODER MEHR PERSÖNLICHKEITEN INN
SPRICHT MAN VON MULTIPLER PERSÖN
... ist also mein »anderes Ich«...
... beziehungsweise »B1«, wie Rei Shinmyoji ihn nannte...

Aber was für ein Kerl ist dieser B1 eigentlich?
Sie sagte irgendwas von einem üblen Ende, wenn ich nichts gegen ihn unternehme...
... aber das Schlimmste, was er bisher getan hat, war, einen Rowdy zu verprügeln.
Und selbst das nur, um Kyoka zu beschützen...
... was wiederum dazu geführt hat, dass ich jetzt mit ihr zusammen bin.
Also scheint er gar kein so übler Kerl zu sein.
Ich könnte mir sogar vorstellen, dass wir gut miteinander auskommen.
Busenfreunde!
EIJI
B1
Andere von vornherein zu verurteilen, ist schließlich gar nicht nett...
!
MEMO
Und wer weiß, vielleicht kann man ja sogar mit ihm reden.
Genau, ich könnte ihm einen Brief hinterlassen.

Was soll ich denn schreiben?
Ähm... verehrter Eiji Urashima... lieber Eiji Urashima...
Hm?
SHRAFF
SHRAFF
FOMP
Wa...
Was ist das denn?!
Hat B1 das etwa geschrieben?
Aber wieso sollte er so etwas...
RASCHEL

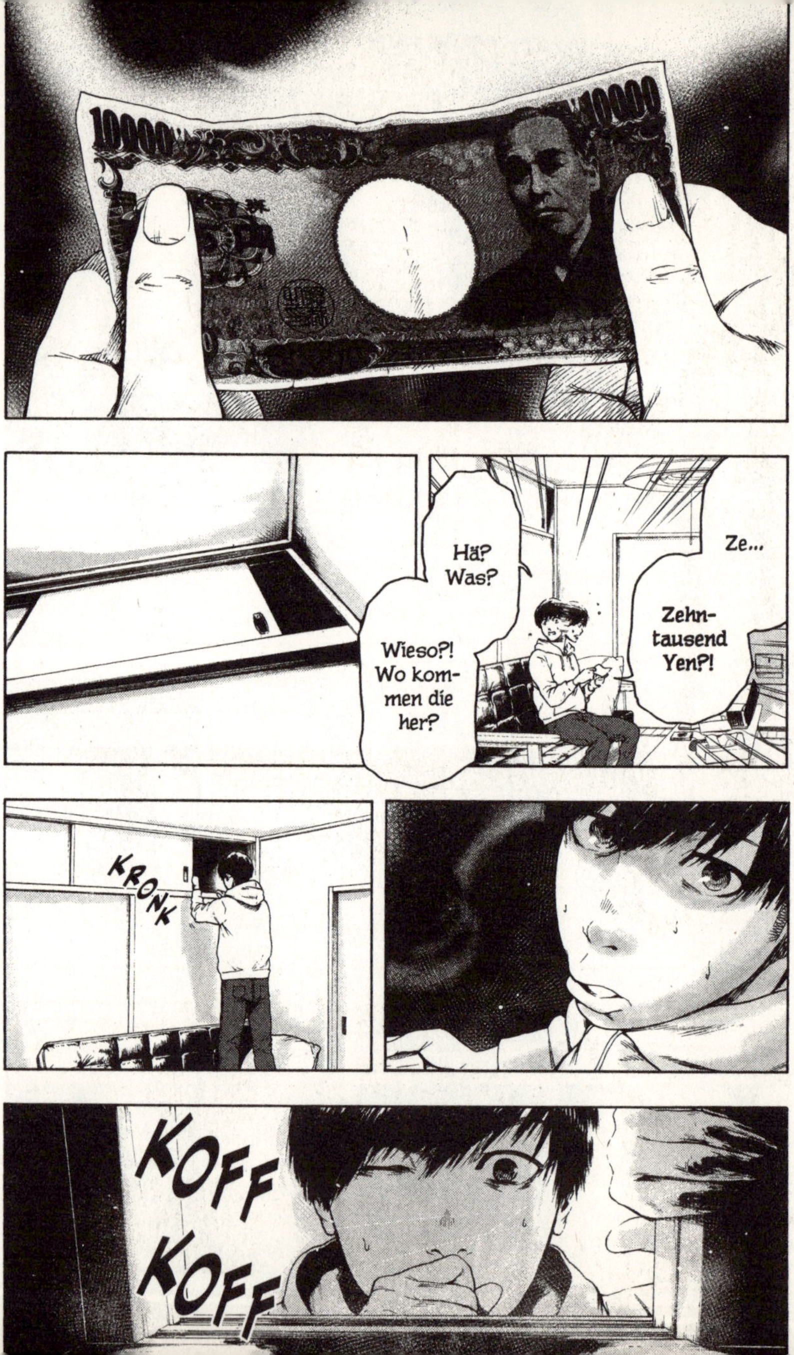
10000
10000
Ze...
Zehntausend Yen?!
Hä? Was?
Wieso?! Wo kommen die her?
KRONK
KOFF KOFF

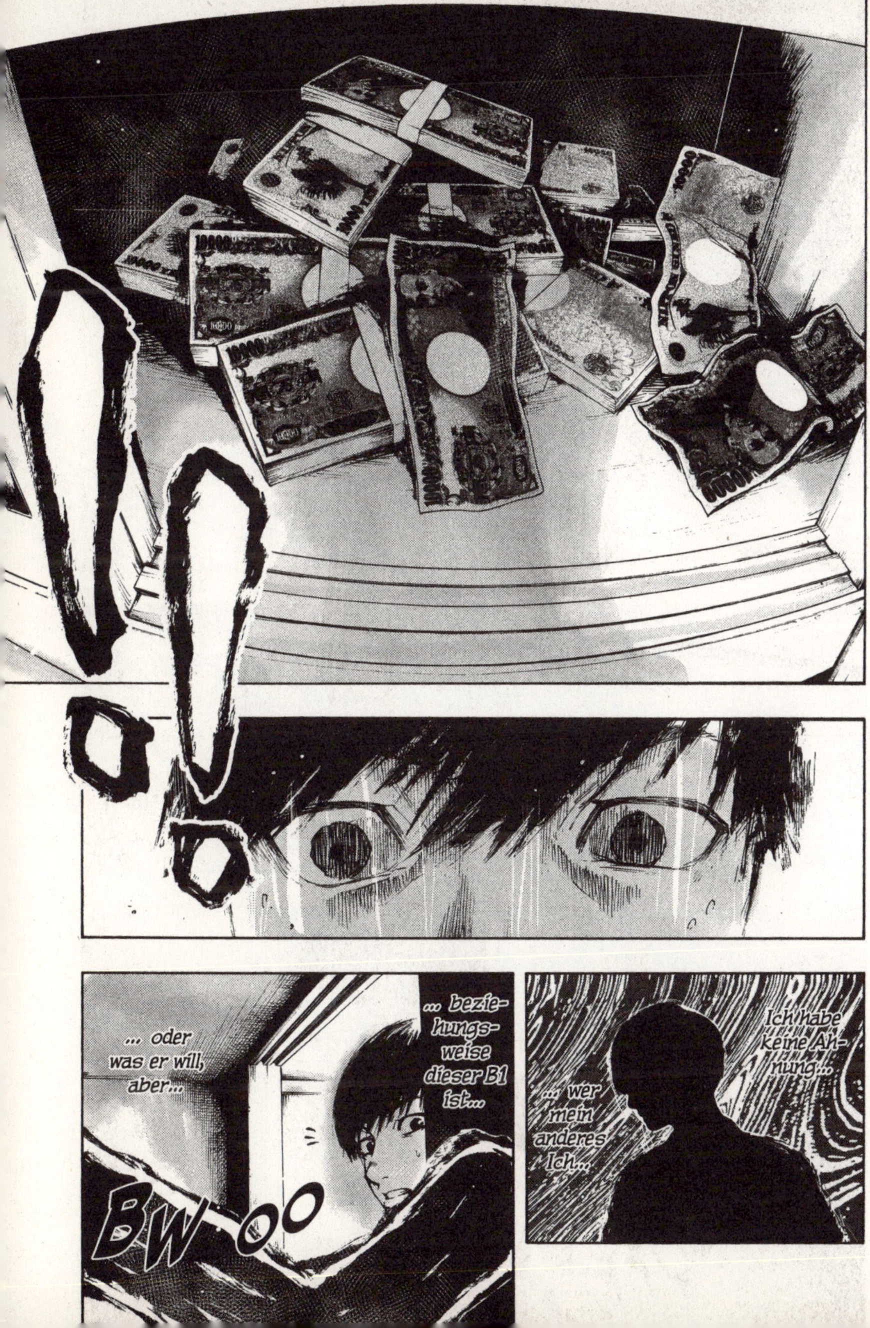
Ich habe keine Ahnung...
... wer mein anderes Ich...
... beziehungsweise dieser B1 ist...
... oder was er will, aber...
BW OO

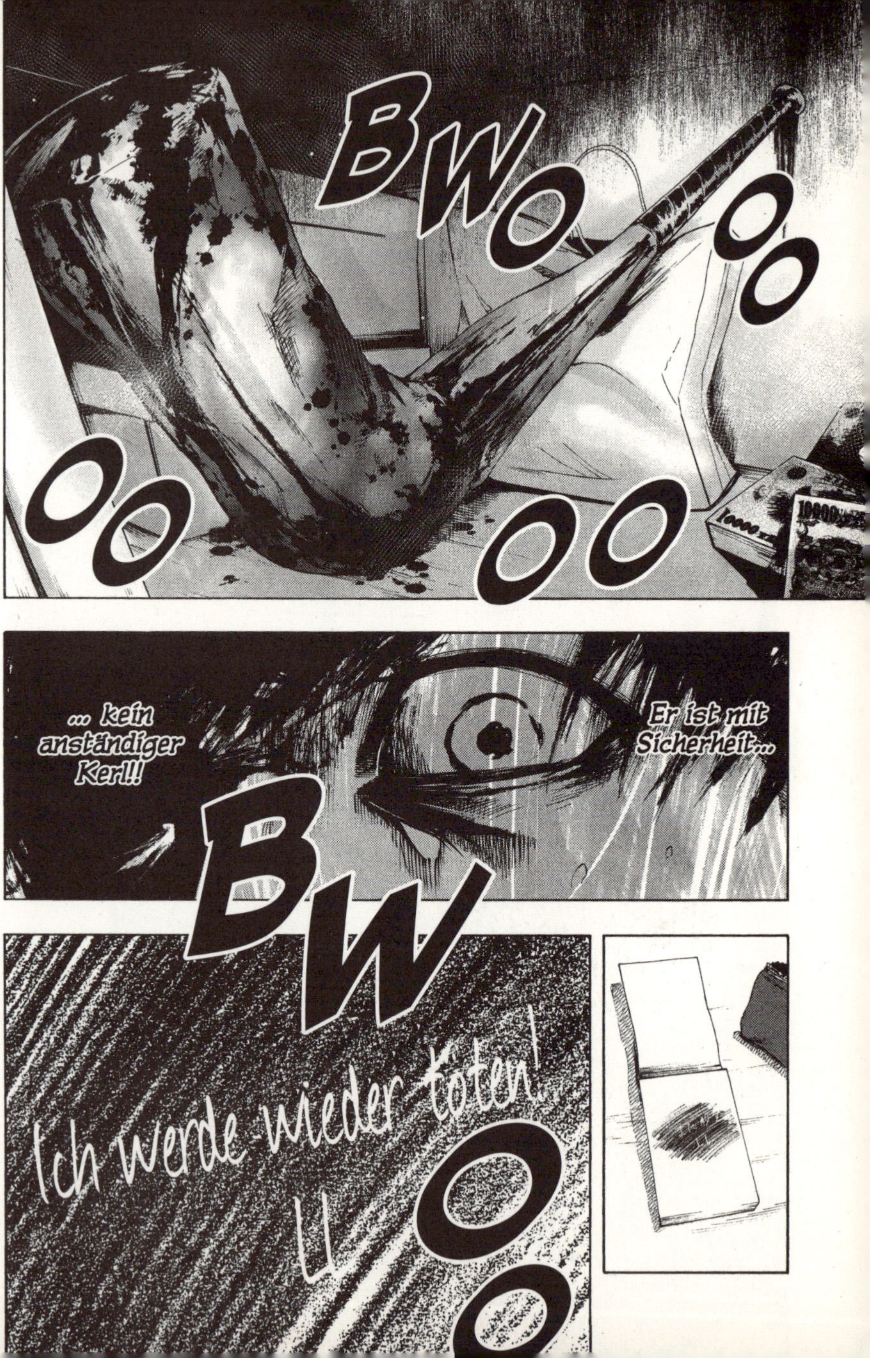
BWOOOOOOOO
Er ist mit Sicherheit...
... kein anständiger Kerl!!
BWOO
Ich werde wieder töten!

Bitte!
Nur zu!
Ich bringe Ihre Drinks.

3. Kapitel
Dreißig.
Wenn ein Bündel eine Million Yen sind...
OO
BWO
... dann sind es insgesamt 30 Millionen...
O
Und dazu noch...
OO
BW

BWOOOO
Was zur Hölle ist das...?
Was hat mein ande-res Ich...
... dieser B1...
... während meiner Blackouts getrieben ...?!

NOVEMBER 05.11. SAMSTAG

Sag mal, Kashiwagi.
Ist dir in den letzten Tagen irgendwas Ungewöhnliches an mir aufgefallen?
Etwas Ungewöhnliches? Was meinst du?
Zum Beispiel... dass ich mit Geld um mich schmeiße ...
... oder eine Prügelei mit der Baseball-AG hatte oder so...
Hä?
Heißt das, du bist doch in irgendwas Gefährliches verwickelt?
Qu... Quatsch!
Das einzige Ungewöhnliche, was mir einfällt, ist die Tatsache, dass du jetzt eine Freundin hast.
Ansonsten ist alles beim Alten. Der tägliche Trott unseres öden Studentendaseins halt.
Oh Mann, jetzt heule ich schon über meine eigenen Worte.
Aber ...
... du und Kyoka, ihr klebt in letzter Zeit ständig zusammen.
Ich gönne es dir ja, aber du könntest mir ruhig auch mal ein Mädel vorstellen.

Genau!
Was hältst du von einem Doppel-Date? Klingt das gut?
Ach so... Also ist Kyoka diejenige, die B1 die ganze Zeit aus nächster Nähe mitbekommen hat.
Und wie ich Kyoka kenne, ist ihr bestimmt irgendetwas aufgefallen...
Ob mir zwischen dem 30.10. und dem 2.11. etwas Ungewöhnliches an dir aufgefallen ist?
Wieso fragst du?
Ist das irgendein Spiel?

J... Ja, so was in der Art.
Irgendetwas, ganz egal was, und sei es noch so nebensächlich. Fällt dir was ein?
Hmmm...
Etwas Ungewöhnliches...
Nein, ich glaube, da war nichts.
Verstehe...
Hmm... Seltsam...
Wir sehen vielleicht gleich aus, aber wenn wir innerlich so verschieden sind...
...müsste das doch irgendjemandem auffallen.

Eiji. Ich bringe die Manga zurück, die du mir geliehen hast.
Okay, Urashima. Du hast wieder ein »Gut«.
Das ist nicht schlecht, aber da geht noch mehr, also streng dich an!
Hat denn wirklich niemand etwas Ungewöhnliches bemerkt?
Wie kann das sein?
Mist.
Wie es scheint, habe ich wirklich eine gespaltene Persönlichkeit.
Und wenn ich nicht so schnell wie möglich herausfinde, wer genau B1 ist...
... und was er vorhat, kriege ich wegen ihm womöglich Probleme.
Aber ja! Rei Shinmyoji!!
Die weiß estimmt gend- was.
Eiji!

Du bist Eiji Urashima, richtig?
Wir sind...
... von der Polizei.
POLICE

Können wir...
... kurz mit dir reden?
Da haben wir den Salat!

Bitte. Der Kaffee geht auf uns.
Oh... Vielen Dank.
BOTH
Ugh...
KRZ
KRZ

Ä...
Ähm...
Worum geht es denn?
FLIPP
BOTH
KLICK
Erinnerst du dich noch...
... was du am Sonntag, den 16. Oktober, gemacht hast?
Am ...
... 16. Oktober?
Das war vor drei Wochen...

... Also vor meinen Blackouts...
Vor meiner Persönlichkeitsspaltung...
... Hm?
Ich dachte, die Polizei wäre wegen dem, was B1 getan hat, hier...
Ähm... An dem Tag... habe ich von früh an gearbeitet.
Ich habe einen Nebenjob im Event-Bereich...
... und an Sonn- und Feiertagen kommt da oft was rein.
BOTH
Am 16. habe ich bei einem Fußballmatch ausgeholfen...
Das ging bis zum frühen Abend...
Ich war so gegen 19 Uhr zu Hause.
Und da ich ziemlich müde war, bin ich früh ins Bett gegangen...
... schätzungsweise... noch vor neun.

KLICK
KLICK
Hast du dieses Mädchen schon mal gesehen?
Nein...
... hab ich nicht.

Nur, um sicherzugehen...
Am Sonntag, den 16.10., hast du bis zum frühen Abend gearbeitet, warst gegen 19 Uhr zu Hause und bist vor 21 Uhr schlafen gegangen.
Und danach hast du das Haus nicht mehr verlassen?
Ne... Nein, ich habe bis zum Morgen durchgeschlafen...
Kann das jemand bezeugen?
Be...
Bezeugen?
Äh...
... ich wüsste nicht...
Äääähm...
Eiji... du sagtest eben, du würdest diese Frau nicht kennen, aber...
... bei unseren Befragungen...
... gab es Zeugenaussagen, nach denen du mit ihr zusammen warst.
Hä? I... Ich?

Diese Frau, Yoko Hatanaka...
... war deine »Freundin«, nicht wahr?
Freu...

Freundin?!
Mo... Moment mal, das kann nicht sein...
Ich kenne diese Frau ja gar nicht...
Und natürlich habe ich sie auch nie getroffen...
Glauben Sie mir, wir waren ganz bestimmt nicht zu...
...
Wieso fragen Sie?
Ist dieser Frau...
... irgendetwas passiert?
Yoko Hatanaka...
... wurde seit dem 16.10. vermisst und...

... vor vier Tagen fand man ihre Leiche.
...
Hatte sie einen Unfall oder so?
Nein...

Sie wurde bestialisch ermordet... auf exakt die-selbe Art wie die Opfer im LL-Fall vor 15 Jahren.
Hä?

Die Obduktion ergab, dass dem Opfer bei lebendigem Leib...
... die Finger abgeschnitten...
... die Haut abgezogen...
... und beide Ohren abgerissen wurden.
Und wie es scheint, war sie die ganze Zeit, in der sie gefoltert wurde...
... bis zu ihrem bitteren Ende bei vollem Bewusstsein.
15 Jahre sind seit jenem Fall vergangen.
Und jetzt, wo ein »Nachahmer des Serienmörders LL« auftaucht... stellt sich heraus...
Ich habe mit eigenen Augen gesehen...
... wie grausam sie zugerichtet wurde.
... dass der Freund des Opfers Zeugenaussagen zufolge **du** bist.
Ist das nun Zufall oder war das unvermeidlich?

Verstehst du, worauf ich hinaus-will...
... Eiji Hachi-noi...
... Sohn eines Serien-mörders?

BUMB
BUMB
Mord...
BUMB
BUMB
BUMB
Ich soll gemordet haben?
Davon weiß ich nichts... ich habe nichts getan...
...
Aber...
BUMB
Was, wenn... ich schon am 16.10. eine gespaltene Persönlichkeit hatte?
BUMB
WWTT
Was, wenn die Annahme, dass der 24.10....
... als ich meinen vermeintlich ersten Blackout hatte...
... der Tag war, an dem meine Persönlichkeit sich gespalten hat, von vornherein falsch war?
HUAAAH
BUMB

Was, wenn B1 nicht sofort für drei oder vier Tage...
... sondern erst mal nur, während ich schlief...
... also für ein paar Stunden an die Oberfläche kam?
Was, wenn B1 schon länger existiert, ohne dass ich es gemerkt habe...?

Wenn diese Hypothese zutrifft...
HAH HAH HAH
... könnte B1...
WWTT
I...
»Ich«...
... weiß wirklich nichts.
Weder über die Frau...
... noch über die-sen Fall...
Überhaupt nichts...

Verstehe...
Dann belassen wir es heute dabei.
Eiji Urashima...
... ist zu 100 Prozent schuldig!
Was für ein dreister Lügner! Behauptet der doch echt, er kenne seine eigene Freundin nicht!
Und haben Sie gesehen, wie er die Fassung verloren hat?
Das war ja quasi ein Geständnis.
Für dich war diese Einschätzung gar nicht mal so übel, Inu.
Ach... was... Das war nun wirklich nicht schwer.
STRAHL
Ich gebe dir zwei Punkte.
S... So wenig?
Von wie vielen?
Hundert.

Meiner Einschätzung nach ist der Täter...
... grausam, berechnend, durchtrieben und scharfsinnig.
Und dass er LLs Tötungsweise so gewissenhaft imitiert hat...
... zeigt, dass die Tat geplant und kein Verbrechen aus Leidenschaft war.
Er ist mit Sicherheit ein Psychopath mit einem tiefdunklen Herzen, aber...
... im Alltag wird er seinen Charakter gut zu verbergen wissen und sich unauffällig unter die Leute mischen.
P
Auch vor der Polizei wird er kein Problem haben, ein unschuldiges Gesicht zu wahren.
Für solche Verbrecher ist das die leichteste Übung der Welt.
Aber so wie dieser Junge die Fassung verloren hat...
... ist »Eiji Urashima« meilenweit entfernt von meiner Vorstellung des Täters.
Was, wenn das nur gespielt war, weil er wollte, dass Sie so denken?
Hätte er das gewollt, hätte er es mehr...
... zu seinem Vorteil genutzt und zum Beispiel den Tod seiner Freundin betrauert.
Stattdessen hat er sogar das Risiko auf sich genommen...
... die Polizei zu belügen.

Trotzdem, selbst wenn er nicht der Mörder ist...
... liegt die Vermutung nahe, dass er irgendwie in den Fall verwickelt ist.
Deshalb werde ich Eiji Urashima gründlich überprüfen!!
UMPH
BLAAARGH

PSHAAA
Das... war ich nicht.
SPIT
SPIT
HAH
HAH
HAH
Einen... Mord...
... könnte ich... nie begehen...
!

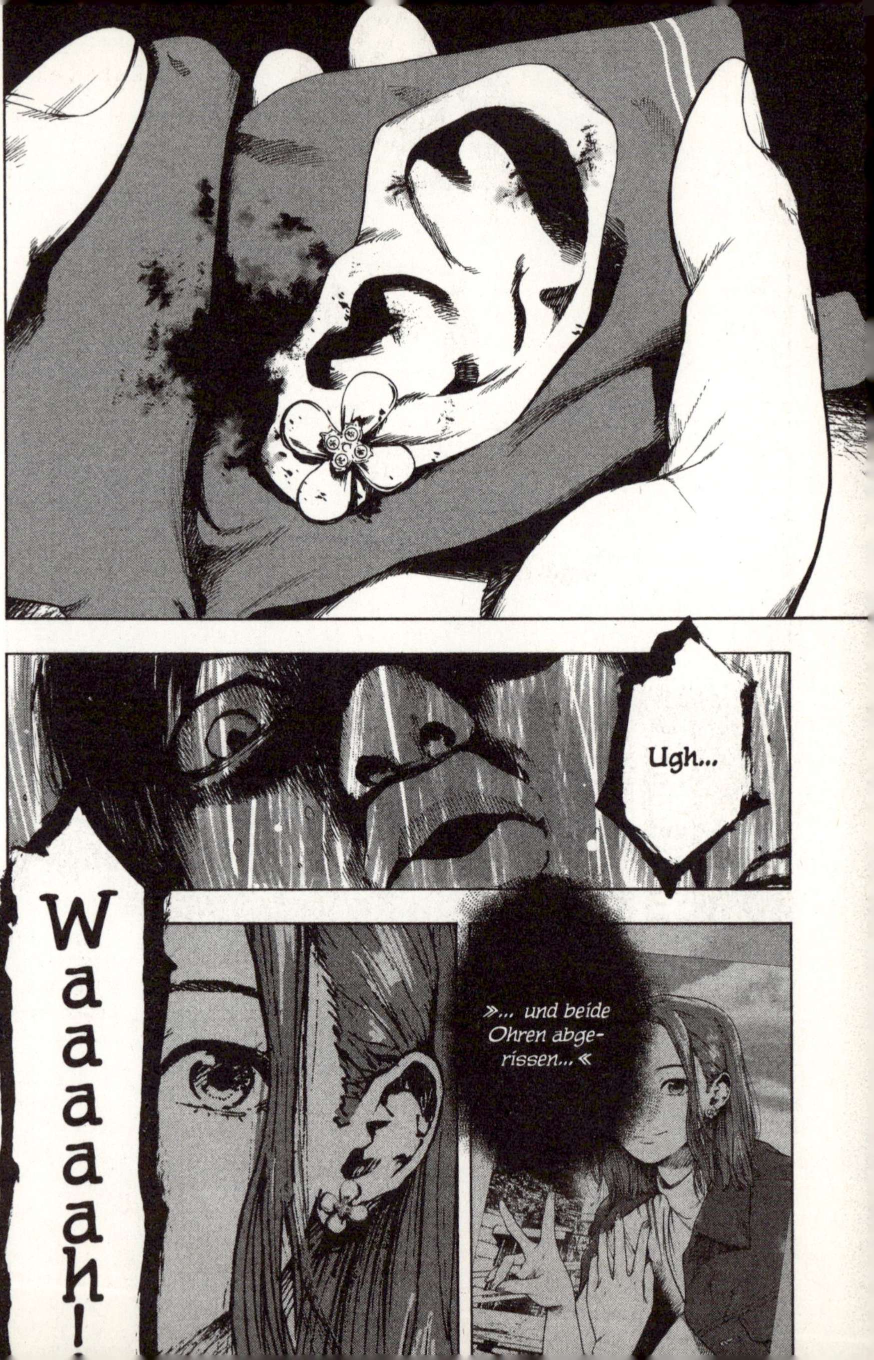
Ugh...
Waaaaah!!
»... und beide Ohren abgerissen...«

4. Kapitel
Okay.
NOVEMBER
05.11.
SAMSTAG
Eijiii! Das Essen ist fertig.
Los, lass uns anfangen!
...

* Hühnchen mit Ei und Zwiebeln auf Reis

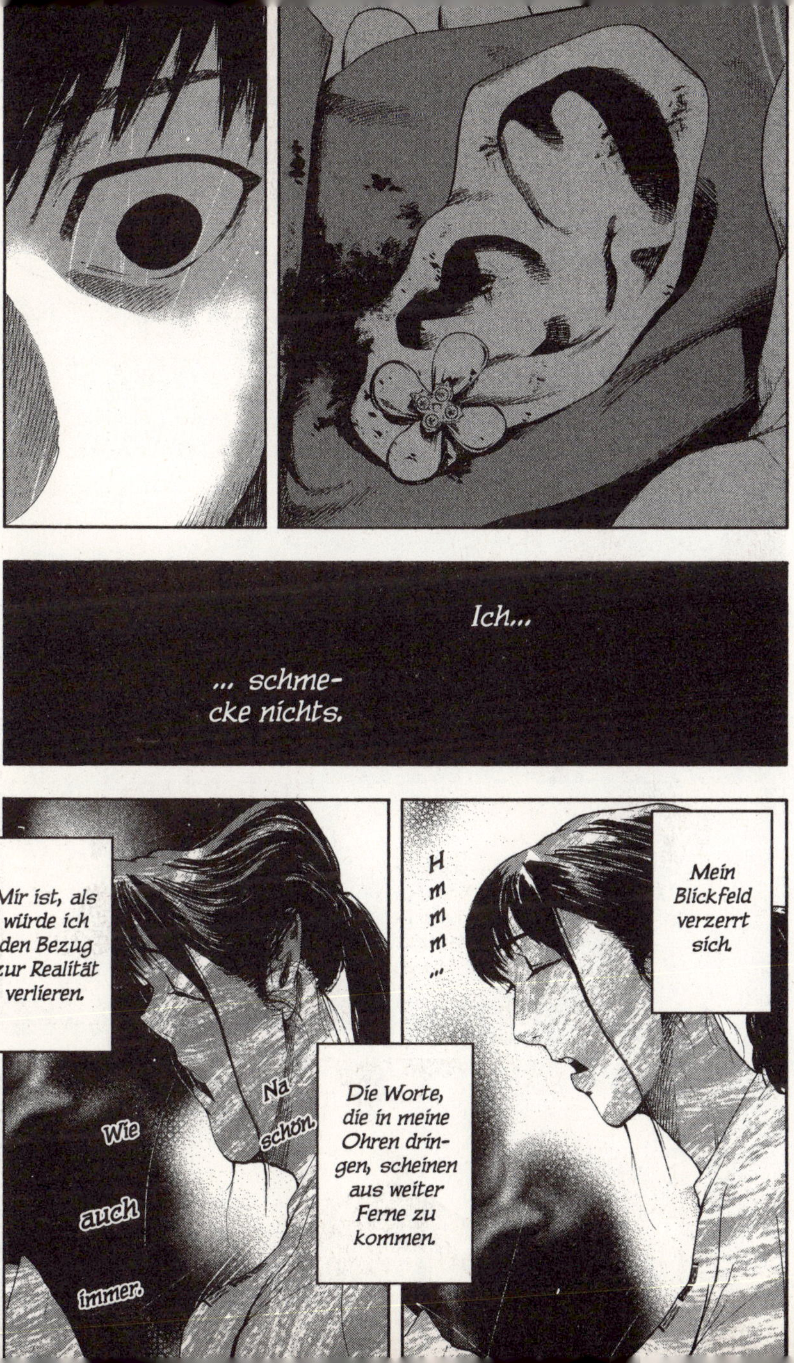
Ich...
... schmecke nichts.
Mein Blickfeld verzerrt sich.
Hmmm...
Die Worte, die in meine Ohren dringen, scheinen aus weiter Ferne zu kommen.
Na schön.
Mir ist, als würde ich den Bezug zur Realität verlieren.
Wie auch immer.

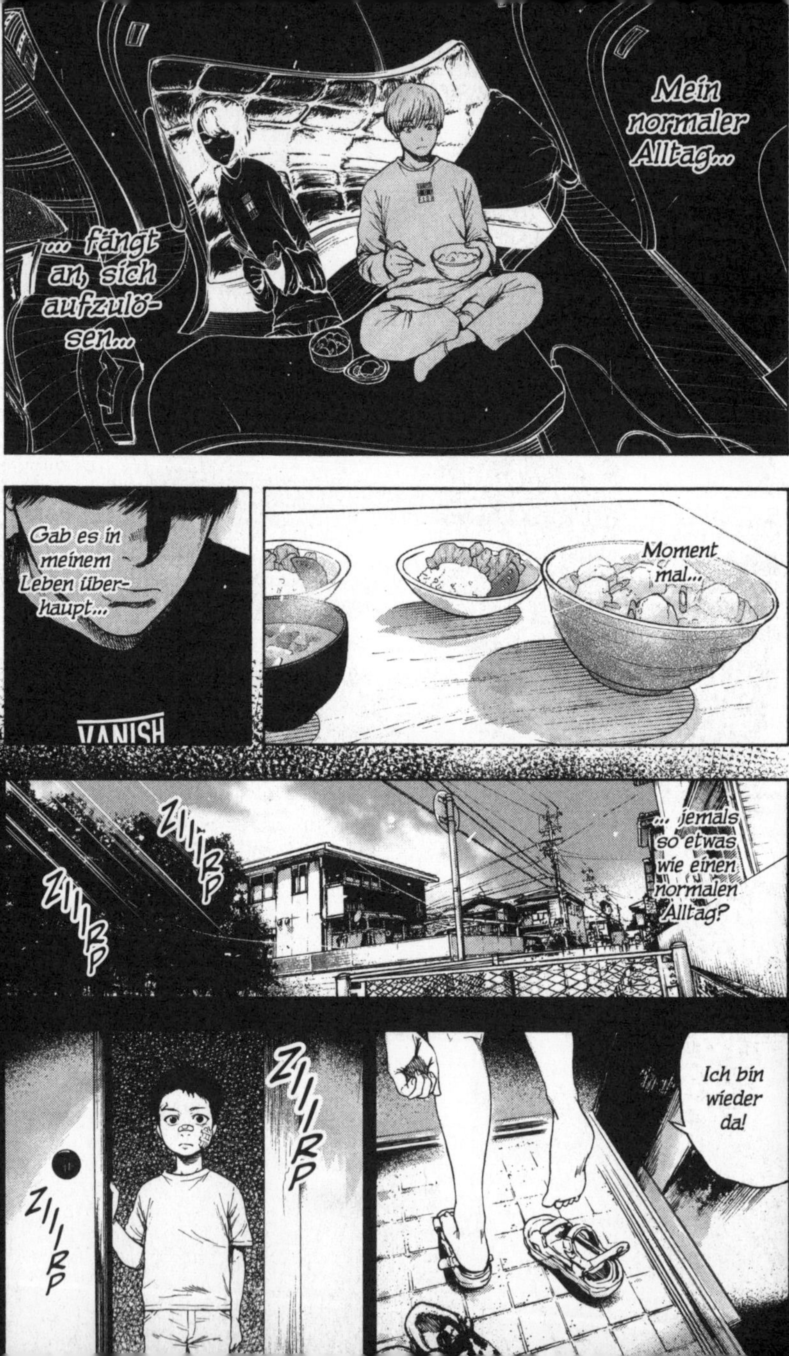
Mein normaler Alltag...
... fängt an, sich aufzulösen...
Moment mal...
Gab es in meinem Leben überhaupt...
VANISH
ZIIIRP
ZIIIRP
... jemals so etwas wie einen normalen Alltag?
Ich bin wieder da!
ZIIIRP
ZIIIRP

ZIIIRP
ZIIIRP
ZIIIRP

ZIIRP
ZIIRP
ZIIRP
ZIIRP
Es tut mir leid, dass ich das Kind eines Mörders zur Welt gebracht habe.

Ich weiß von nichts.
Aaaaaaah!
Es tut mir leid, dass ich das Kind eines Mörders
Aaaaaaah!
Ich habe nichts gesehen.
Aaaaaaah!
Ich habe nichts damit zu tun.
Das ist nur ein Traum.
Aaaaaaah!

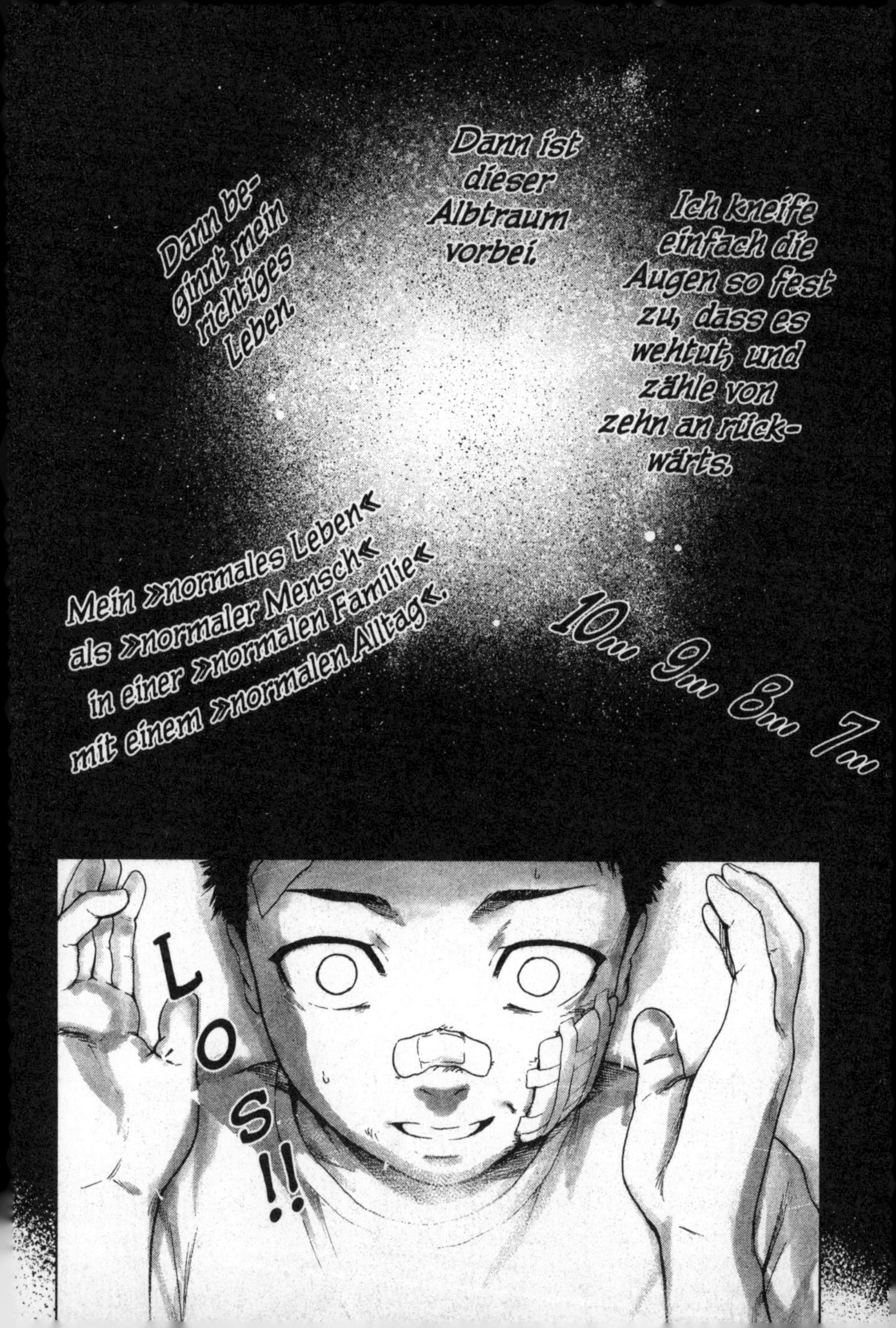
Ich kneife einfach die Augen so fest zu, dass es wehtut, und zähle von zehn an rück-wärts.
Dann ist dieser Albtraum vorbei.
Dann be-ginnt mein richtiges Leben.
10... 9... 8... 7...
Mein »normales Leben« als »normaler Mensch« in einer »normalen Familie« mit einem »normalen Alltag«.
LOS!!

Ach so...
Ich habe mir selbst die ganze Zeit eine faustdicke Lüge erzählt...
... und mir eingebildet, ich wäre meinem »verfluchten Blut« entkommen.
PSHAAA
Wenn ich es mir recht überlege...
... habe ich sogar meine Freundin »meinem anderen Ich« zu verdanken.
CHINK CHINK
Ich selbst habe immer nur von ihm profitiert.

Eiji?
Dieser Geruch ...
... dieses Gefühl...
... diese Wärme... All das...
... war eine blanke Lüge.
ZUCK
Was denn...
... hier?
VANISH DOG FISH

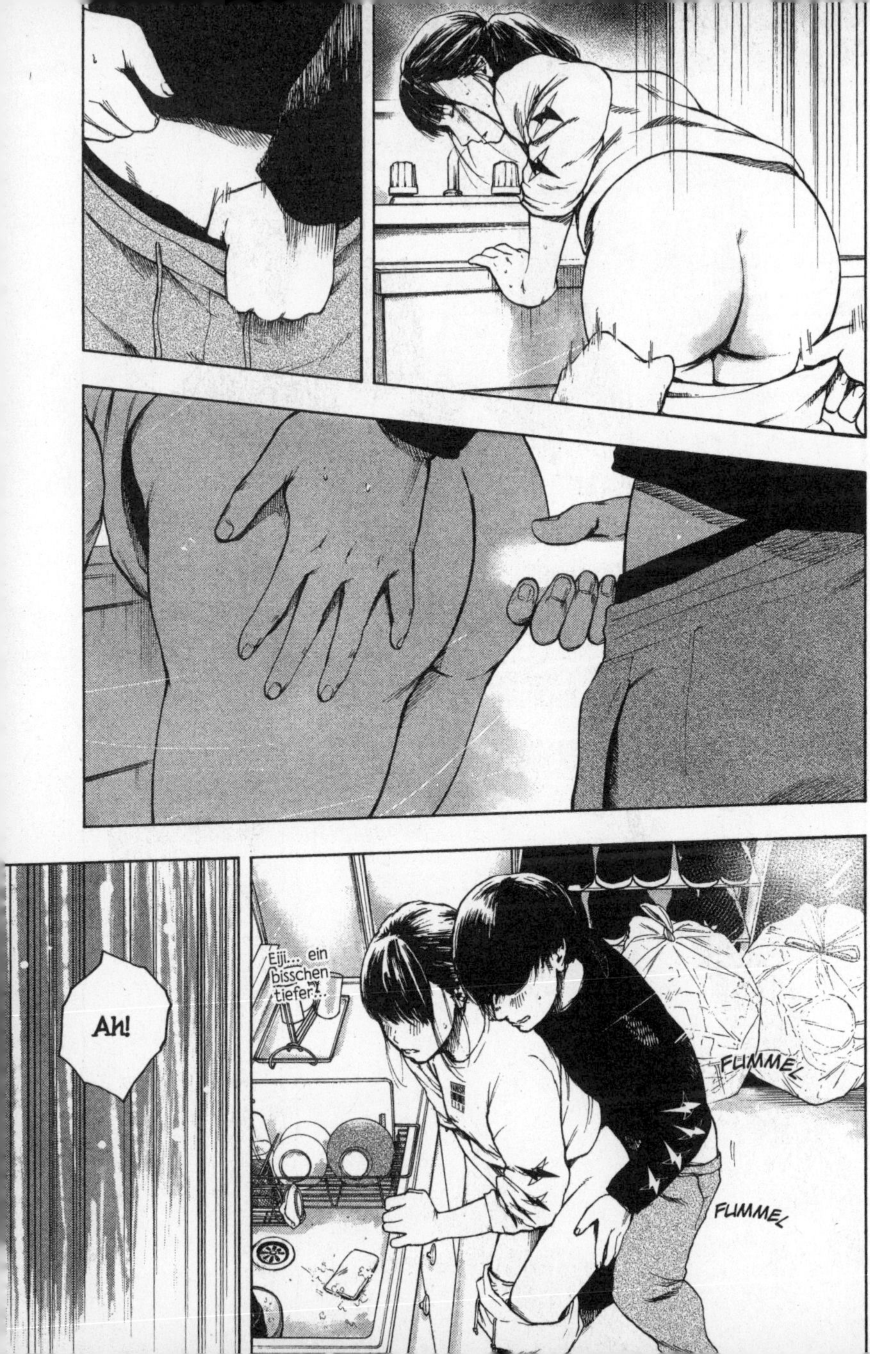
Eiji... ein bisschen tiefer...
FUMMEL
FUMMEL
Ah!

Nein...
Das stimmt nicht.
Anfangs war es vielleicht so.
Aber jetzt...

... bist du in mein Leben getreten, das dank meiner beschissenen Kindheit wie eine beschissene Jauchegrube war.
Ah...
Aaah...
Du bist das Einzige...
Eiji...
Ich... komme...

... das für mich menschliche »Realität« geworden ist.

VANISH DOG FISH
VANISH DOG FISH
Kyoka...

Lass uns Schluss machen.
Hä?
NOVEMBER 06.11. SONNTAG
Phh!
Netter Versuch, aber darauf falle ich nicht rein.
Hör auf, schon am frühen Morgen so blöde Witze zu machen!
PAMM
PAMM
...
Hä? Meinst du das etwa ernst?
Das ist ein Witz, oder...
... Eiji?

Ehrlich gesagt...
... ging es mir bei dir nur ums Vergnügen.
Ich wollte mit dir ins Bett, das war alles.
VANISH DOG FISH
WOOSH

Das war auch für einen Witz ganz schön verletzend.

Mach's gut...
... Eiji.
VANISH DOG FISH
KANG
KANG
STUBB
FLAMP
Das tut so weh...

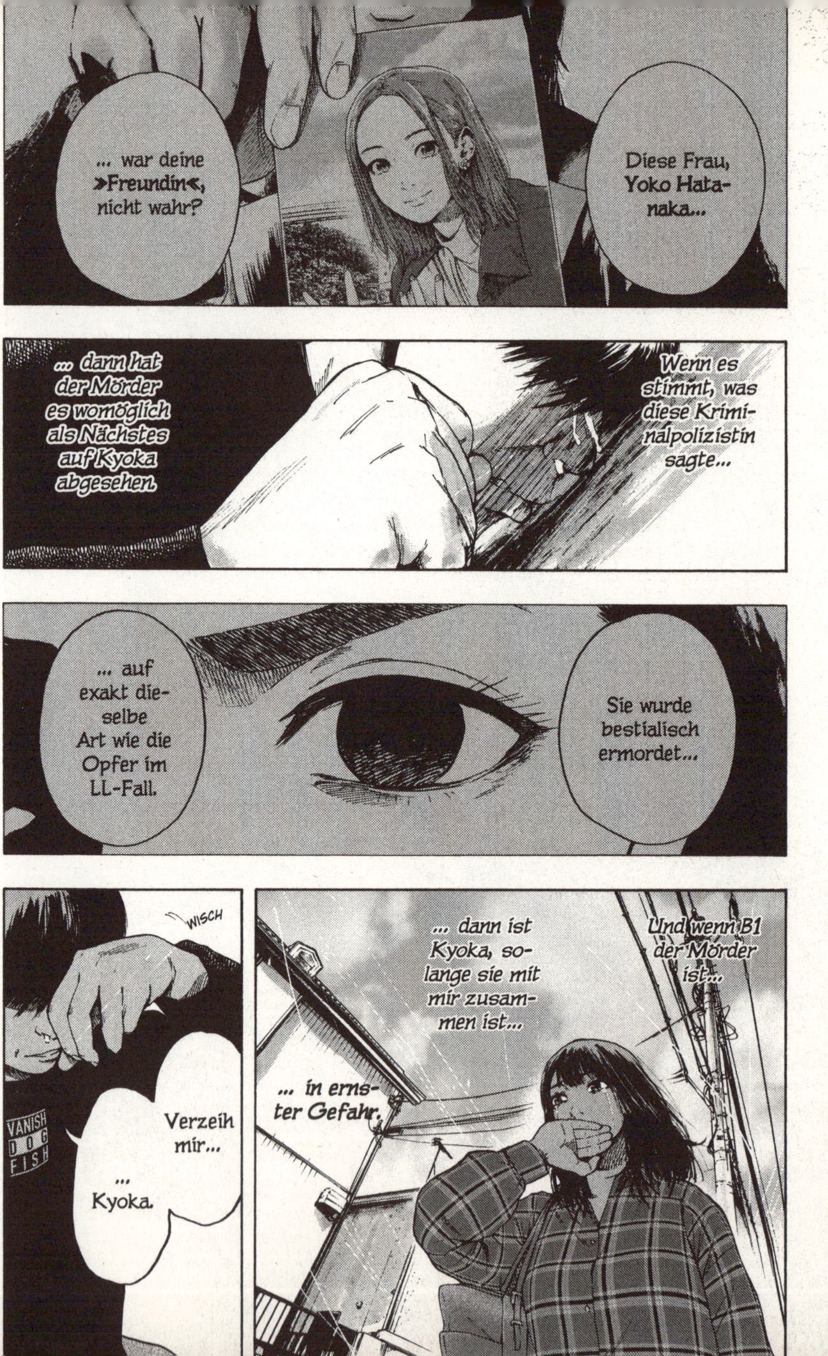
Diese Frau, Yoko Hatanaka...
... war deine »Freundin«, nicht wahr?
Wenn es stimmt, was diese Kriminalpolizistin sagte...
... dann hat der Mörder es womöglich als Nächstes auf Kyoka abgesehen.
Sie wurde bestialisch ermordet...
... auf exakt dieselbe Art wie die Opfer im LL-Fall.
Und wenn B1 der Mörder ist...
... dann ist Kyoka, solange sie mit mir zusammen ist...
... in ernster Gefahr.
WISCH
Verzeih mir...
... Kyoka.
VANISH DOG FISH

Ich habe bis jetzt...
TELEFON
WÄHLEN
110
... jede Menge gelogen, um mich selbst zu schützen.
Aber mit dieser Lüge...
DRRRRRR
... will ich dich beschützen, und zwar um jeden Preis.

DRRRRRR
DRR
HIER IST DIE 110.
GEHT ES UM EINEN NOTFALL? ODER EINEN UNFALL?
Hä?
Ah... hallo...
Ähm...
Es... ähm...
Es geht um...
VANISH DOG FISH
BITTE! GEHT ES UM EINEN NOTFALL? ODER EINEN UNFALL?
I...
Ich...
... habe...
... je... jemanden...
WAS DENN?

... ge...
... ge...
... ge...
... ge...
Sai
Sai
!

HALLO? GEHT ES IHNEN GUT? BITTE BERUHIGEN SIE SICH!
VANISH
HALLO?
SIND SIE NOCH DA?
WAS IST DENN PASSIERT?
Sai
090-1478

HALLO?
5. Kapitel
Wa...
Was ist das?
Sai
090-1478
Ein Name?
Und eine Telefonnummer...
HALLO!
Hä?
Ah...
Entschuldigung...
WAS IST DENN LOS?
Ach... ä... ähm...

Da...
Das war ein Versehen.
WIE BITTE?
Ich habe Sie... versehentlich angerufen.
...
VERBEUG
VERBEUG
Entschuldigen Sie bitte!
Sai
090-1478
Das hat sicher B1 geschrieben...
In dem Fall...

... könnte es eine Spur sein, die mich zu ihm führt!!
VANISH DOG FISH
DRRR
DRRRRR
Bip
HALLOOO.
Eine Männerstimme?!

HEEEY!
WER IST DENN DA?
Huch, also kennen wir uns nicht?
Ha… Hallo…
OOOH! DIE STIMME KENN ICH DOCH!
BIST DU DAS, EIJI?!
WOHER SOLL ICH DAS WISSEN, WENN DU UNTER EINER ANDEREN NUMMER ANRUFST?!
Unter einer anderen Nummer?
DANKE NOCH MAL FÜR NEULICH.
DU HAST MIR ECHT DEN ARSCH GERETTET, EIJI.
Neulich?
Also kennt dieser Mann B1…
SCHIESS LOS, WORUM GEHT'S?
A… Ach…
Ich… rufe eigentlich nur so an…
HAHAHA. IST DIR LANGWEILIG, EIJI?

DANN LASS UNS ZUSAMMEN WAS ESSEN, OKAY?
ICH HAB NÄMLICH GERADE AUCH ZEIT.
Sai 090-1478
UND ICH WOLLTE MICH EH NOCH FÜR NEULICH BEDANKEN.
ALSO, WAS SAGST DU?
Was mache ich jetzt?
Nach dem, was ich gehört habe, scheint er kein schlechter Kerl zu sein, aber...
... jemanden zu treffen, den ich überhaupt nicht kenne...
... ist vielleicht ein bisschen riskant... oder?
VANISH DOG FISH

Ach, scheiß drauf! Wird schon nichts passieren!!
Ähm... okay, ich bin dabei, danke!
GROSS-ARTIG.
DANN TREFFEN WIR UNS UM ZWÖLF AM BAHNHOF. ICH HOL DICH MIT DEM AUTO AB.
WOOSH
Falls B1 doch nicht der Täter ist, ergibt es keinen Sinn, mich der Polizei zu stellen...
Das heißt, das Einzige, was ich tun kann, um Kyoka zu schützen...
... ist...

... der Wahrheit auf die Spur zu kommen, selbst wenn das riskant ist.
BUMB
BUMB
BUMB
BUMB

Selbst wenn ich mich dafür...
BUMB
BUMB
SK.
BUMB

BUMB
BUMB
... in die Höhle des Löwen bege-ben muss.
BUMB

Polizeihauptmeisterin Momoi!
Freut mich.
Mein Name ist Issun und ich bin freier Journalist...
Die Leiche der kürzlich ermordeten Studentin...
... war wohl ziemlich übel zugerichtet.
Und Gerüchten zufolge hat der Täter die LL-Morde vor 15 Jahren nachgeahmt. Ist das wahr?
Offenbar haben Sie den Sohn von LL... Eiji Urashima, bereits befragt.
Ist er vielleicht in den Fall verwickelt?

Falls Sie mehr über Eiji Urashima wissen möchten, rufen Sie mich an!
Ich habe da ein paar sehr interessante Infos für Sie!
Frau Momoi!
Was ist denn nun schon wieder?
Heute Morgen ist ja die Hölle los.
Wir wissen jetzt, wo Yoko Hatanaka war, bevor sie verschwand!!
Sie besuchte am Abend des 16. gegen 21 Uhr ein Cáfe in einem belebten Stadtviertel von F.
Offenbar wollte sie sich dort mit einem Mann treffen.
Glücklicherweise waren die Kameraaufzeichnungen aus dem Inneren des Cafés noch intakt.
Denn der Mann, den Yoko Hatanaka unmittelbar vor ihrem Verschwinden traf...
... ist mit großer Wahrscheinlichkeit in diesen Fall verwickelt.

Uh...
Eiji Urashima?!
Dieser Mistkerl! Von wegen, er kennt sie nicht und hat sie nie getroffen...
Frau Momoi! Wir müssen den Kerl sofort aufs Revier bestellen!!

Stopp...
Da! Kurz nachdem die beiden das Café verlassen...
... kommt eine weitere Person ins Bild...
Ist das etwa...?!

BUMB
BUMB
BUMB
BUMB
SKALL
S...
K...
»SKALL«
...
Was denn, »SKALL«?!
Vo... Von denen hab ich schon mal gehört...
Eine extrem brutale Gang, die von Raub bis zu Vergewaltigung...
... alles macht, und selbst vor Kämpfen mit der Yakuza nicht zurückschreckt...
Heißt das etwa...
SKALL

BW
... das hier sind Mit-glieder der berüchtig-ten Gang SKALL?!
Ve... Ver-dammt, B1! Mussten es ausgerechnet die sein?!
Ich stelle dich erst mal vor.
Das hier ist Eiji.
Und, glaubt es oder nicht, er ist der Sohn...
... des legendären Serien-mörders LL alias Makoto Hachinoi.
Wow, ein Huren-sohn mit Stamm-baum!
Im Ernst?
Huiii...
Und...

... er ist
SKALL bei-
getreten.

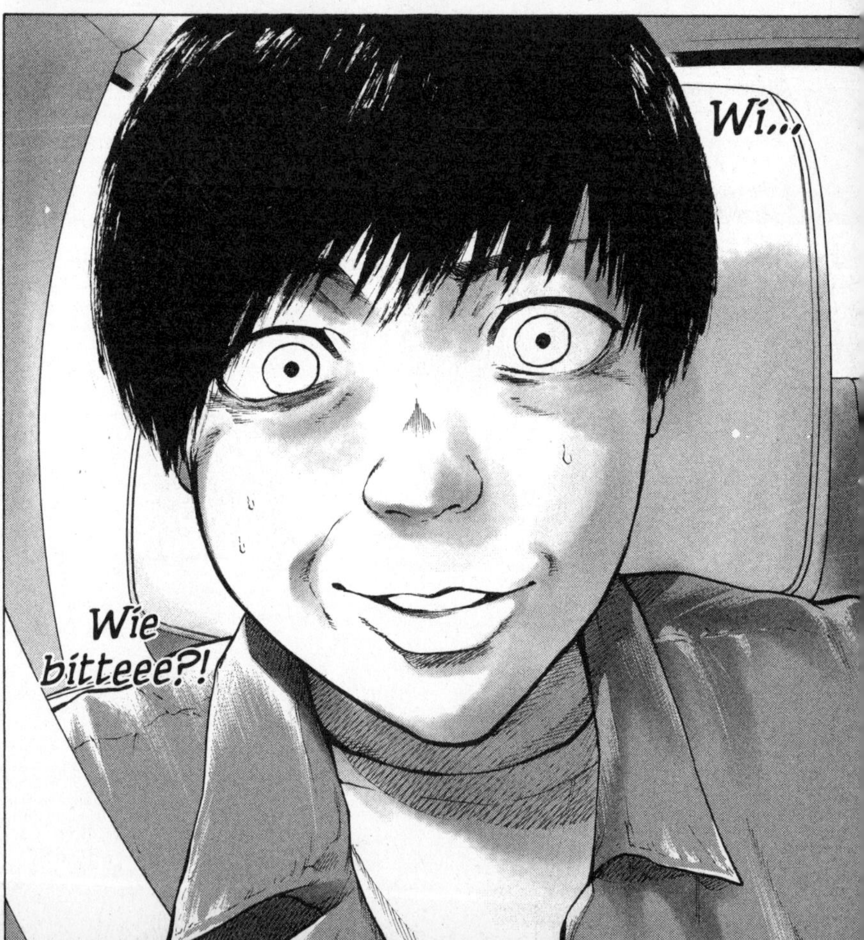
Wi...
Wie
bitteee?!

Eiji ist so talentiert, dass er bis in den Führungsstab der Organisation...
... ach, was sag ich... bis zu meiner rechten Hand aufsteigen könnte.
...
Du scheinst ja echt auf ihn zu stehen, Boss.
Na ja, wir haben neulich einen großen Job zusammen erledigt.
Und was soll ich sagen... Seine »Fähigkeiten« waren so krass, dass ich mich ernsthaft in ihn verliebt hab...
Der Junge hat definitiv das Blut dieses »Teufelsgenies« in seinen Adern.
Mit Eiji an unserer Seite...
... wird SKALL größer und mächtiger werden als je zuvor!
Wie bitteee?!

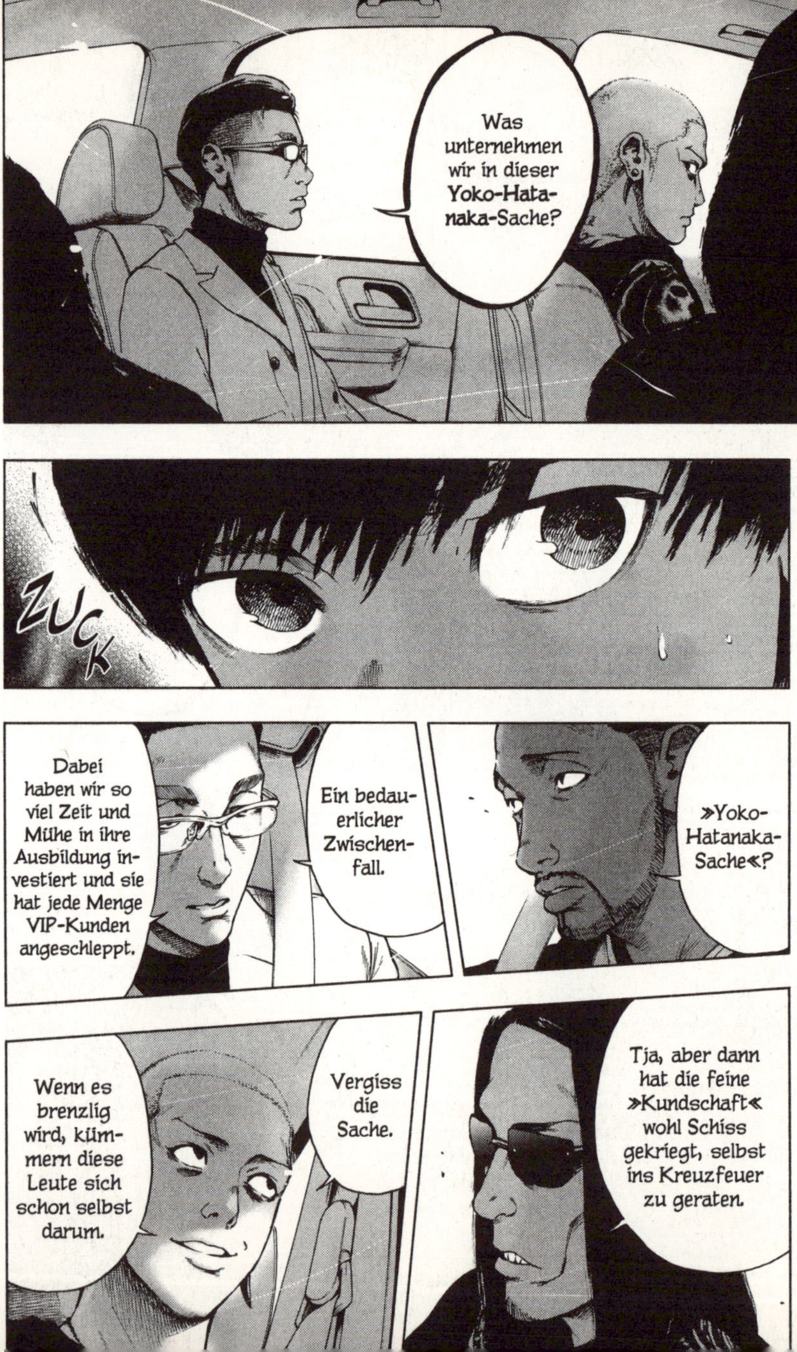
Was unternehmen wir in dieser Yoko-Hatanaka-Sache?
ZUCK
»Yoko-Hatanaka-Sache«?
Ein bedauerlicher Zwischenfall.
Dabei haben wir so viel Zeit und Mühe in ihre Ausbildung investiert und sie hat jede Menge VIP-Kunden angeschleppt.
Tja, aber dann hat die feine »Kundschaft« wohl Schiss gekriegt, selbst ins Kreuzfeuer zu geraten.
Vergiss die Sache.
Wenn es brenzlig wird, kümmern diese Leute sich schon selbst darum.

Lasst uns lieber...
... der armen Yoko Hatanaka gedenken und ein Gebet für sie sprechen!
Gott schenke ihrer Seele ewigen Frieden...
Amen.
War nur Quatsch.
LOLOLOLOLO

Wenn uns die Ware ausgeht, beschaffen wir uns halt neue, was soll's!
...
GULP
Di... Die sind noch gefährlicher, als ich dachte...
Aber...
... wer nicht wagt, der nicht gewinnt... richtig?
Und wenn ich der SKALL-Spur folge, wartet am Ende ja vielleicht die »Wahrheit« auf mich!!

LUST
Sonntag, 6. November
Dieser Club...
... das »Lust«, gehört SKALL.
Einmal im Monat treffen wir Anführer uns hier, um Yakiniku* zu essen.
ZSCHH
ZSCHH
ZSCHH
6. Kapitel
* Am Tisch gebratenes Fleisch
Und da dieses Treffen gleichzeitig deine »Willkommensparty« ist, Eiji...
... haben wir heute besonders gutes Fleisch besorgt.
Also greif zu und hau ordentlich rein!
FLATZZSCHH
...
STÖÖÖHN
Das sagt der so, aber...
STÖÖÖHN
WO O

STÖÖÖHN
STÖÖÖHN
Uh...
Uwah...
Sein Ohr...
Hiros Ooohr...
MJAAAM
MAMPF MAMPF
MUNCH MUNCH
NAM NAM
...

Hey, Namiii! Halt's Maul!!
ZUCK
Dein Scheiß-gewimmer nervt!!
Shit...
KRONK
Erst Yoko Hatanaka, jetzt du... Ihr Weiber seid doch alle gleich...
!
GRAP
Ah...
Au...
Hör gut zu, Nami!
Wenn du einen Kerl auch nur flüchtig ansiehst, ist es um ihn geschehen.
Dann wollen sie dich alle nur noch ins Bett kriegen, um den steinharten Knochen zwischen ihren Beinen wieder loszuwerden.
...

Männer sind echt strange.
Egal wie oft du mit ihnen schläfst, im Bett bist du für sie immer »keusch und rein«.
Als würden sie glauben, du hättest ein austauschbares Jungfernhäutchen.
Über kurz oder lang wird es den Kunden ernst mit dir, während du nur so tust.
Denn das Einzige, was dein Herz höher schlagen lässt, ist der Moment, wo du das Geld zählst.
So eine Bitch bist du!!

Also komm mir nicht mit: »Ich hab mich verliebt und will nicht mehr anschaffen«.
So was...
... will ich von dir niemals wieder hören, nicht mal im Spaß.
Ist das klar?
A...
»Anschaffen«?
GULP
Da fällt mir ein... eben im Auto...
Tja, aber dann hat die feine »Kundschaft« wohl Schiss gekriegt, selbst ins Kreuzfeuer zu geraten.
Wenn uns die Ware ausgeht, beschaffen wir uns halt neue, was soll's!
... sprachen sie auch schon von »Kundschaft« und »Ware« und so.
Okaaay! Zeit, die Innereien draufzuwerfen...
SLOB SLOB
Heißt das etwa, SKALL ist auch involviert in...
ZSCHHHH
ZSCH
Yaaay!
ZSCHH

* Jap.: hangure (»halbgrau«), lose organisierte Gang mit einer weniger rigiden Hierarchie und Disziplin als die Yakuza

Wenn die Frau ermordet wurde, weil sie sich prostituierte, erinnert es tatsächlich mehr und mehr an den LL-Fall.
Also ein Nachahmungstäter von LL...?
Aber mit welcher Intention?
Das finden wir raus, wenn wir Sai und Urashima verhören!
Wir sollten beide auf freiwilliger Basis aufs Revier bestellen!!
Einverstanden.
Aber bitte gehen Sie äußerst behutsam vor!
Wenn das hier wieder so was ist wie vor 15 Jahren...
... könnte es gut sein, dass Sie in ein Wespennest stechen.

Yoko Hatanaka hat also bei SKALL als Prostituierte gearbeitet...
Und B1 hat Yoko Hatanaka über SKALL kennengelernt...
Oder?
Ich weiß immer noch viel zu wenig.
Ich brauche mehr...
Mehr Informationen!!
Das heißt, ich muss SKALL beitreten und mich tief ins Innere der Organisation vorarbeiten!!
Okay, was machen wir jetzt mit dem hier?
Diesem Womanizer, der uns unsere »Ware« abluchsen wollte.
Ihn mit einem abgeschnittenen Ohr davonkommen zu lassen, wäre ein bisschen zu milde...
Mnn...
Nein... bitte hört auf...

Ah...
Ich hab's!
Das Finish überlassen wir Eiji.
Hä?
Du hast ein komplettes Set an Werkzeugen.
Und...
... eine Schar begeisterter Zuschauer, stimmt's, Jungs?
SKALL
Also, Sohn des »legendären Serienkillers« LL!
Dann zeig uns mal, was du vom Meister geerbt hast!!
Sag mal...

Bist du sicher, dass das »LLs Sohn« ist?!
Ich weiß echt nicht, was du an dem Kerl findest, Sai!
Alles, was ich sehe...
... ist ein softer kleiner Scheißer ohne Eier.
Ugh...
Tja, du hast es gehört. Was jetzt...
... Eiji?
...
WO

KROCK
SNATCH
...
Mmm
...
BHO
KLICK
GRASP

BHO
MNN MNN MNN MNN
Oh!
Wow...
Eine ziemlich garstige Wahl...
MNN MNN MNN MNN
...
Wenn ich, indem ich das Vertrauen dieser Leute gewinne...
... der »Wahrheit« näher kommen kann...
... und wenn ich dadurch Kyoka beschützen kann...
... werde ich...

... alles tun, was nötig ist!!

BH
NGG NNG GNN GNN
O
O
O
NGG NNG GNN GNN

KLONK
Hm?
SCHÄUM
BLUBB
ZITTER
...
Was ist los?
...
Hey!
Du willst doch jetzt nicht etwa kneifen, oder?
KRONK

Mein Vater sagte oft...
... die wahre Herausforderung beim Foltern wäre...
... »den anderen unter gar keinen Umständen zu töten«.
Hää?
Er meinte: »Leute, die nur darauf aus sind, dem anderen Schmerz zuzufügen...«
»... sind nichts weiter als Amateure.«
...
Verstehe...
Du hast recht. Dass Leute während der Folter an einem Schock sterben oder verbluten, kommt immer wieder vor.

Bei LL reden alle immer nur über seine auffällige Art zu töten.
Aber das Herausragende... und gleichzeitig Kranke an ihm war...
... dass er seine Opfer, während er sie folterte...
... die ganze Zeit am Leben hielt.
So ist es...
Aber...
... genau deshalb verstehe ich es ja nicht.
Das, was du uns gerade zeigen wolltest, das Ausbrennen seiner Wunden...
... würde ihm sowohl »Schmerz zufügen« als auch seine Blutung stillen und wäre die mit Abstand beste und coolste Foltermethode.
WOOO
Also wieso hast du vorher abgebrochen?
...

Pff...
LUST
LUST
Einen bewusstlosen Pisser zu foltern...
... ist wie einen kalten Fisch zu vögeln.
Wie soll man denn da einen hoch-kriegen?
SKALL

Ha ha ha ha ha ha!
GRÖHL
Daaahaha...
HA HA HA
Auf den Mund gefallen ist er jedenfalls nicht, der Junge!!
HA HA HA HA HA
Hey, habt ihr das gehört?!
HA
Das alles...
WUPP
»Folter durch Ausbrennen der Wunden« usw. - Nie gehört.
»Mein Vater sagte immer...« - Gelogen.

BUMB
Whoaaa, war das gruselig...
BUMB
Das alles war kompletter Blödsinn...
Ich meine, das kann ich doch nicht machen! Ich... kann doch niemanden fo... fo... fo... foltern... Das könnte ich nie!
HIUUUU
HIUUUU
BUMB
BUMB
A...Aber ich hab's geschafft!!
Na ja, immerhin...
... habe ich mich 15 Jahre lang selbst betrogen...
Ich wusste es...
Du bist ein echt witziger Typ, Eiji.
Verglichen damit war das hier ein Kinderspiel!!
BUMB
BUMB
Hab ich...
... SKALLs Vertrauen damit gewonnen... oder nicht?

7. Kapitel
Ähm ...
Dass ich... vorhin so grob zu dir war, tut mir echt leid!!
?!
Ich... bin nämlich seit meiner Kindheit ein Riesenfan von LL...
Und dass ich mal den Sohn des **legendären Serienkillers**, den ich so bewundere, treffe, hätte ich mir nie träumen lassen...
Schätze, deshalb war ich so skeptisch...
Sorry, tut mir echt leid!
...
Ähm... würdest du mir ein Autogramm geben?
Hä?
Wäre super, wenn du »für Mizuki« dazuschreiben könntest.

Hey, du Arsch! Mach hier nicht einen auf exklusiv!
Ich will auch ein Autogramm.
Ich auch!!
Ich will auch eins!
Jepp, ich auch!!
BW
...
Oh Mann...
Was seid ihr nur für hirnlose Schafe...
Für Sai von LLs Sohn Eiji Uroshima in böswilliger Absicht.

Wie es scheint, habe ich ihr Vertrauen gewonnen und bin jetzt einer von ihnen...
Puh...
...
Aber...
... irgendwie fühlt es sich seltsam an...
Das Label »Sohn eines Mörders«, das mir bisher nichts als Hass und Ablehnung eingebracht hat...
Für Sai
von LLs Sohn Eiji Uroshima
... ist hier eine Art »Ehrenmedaille«, für die man mich willkommen heißt.
Zum ersten Mal im Leben...
... nein, zum zweiten Mal...

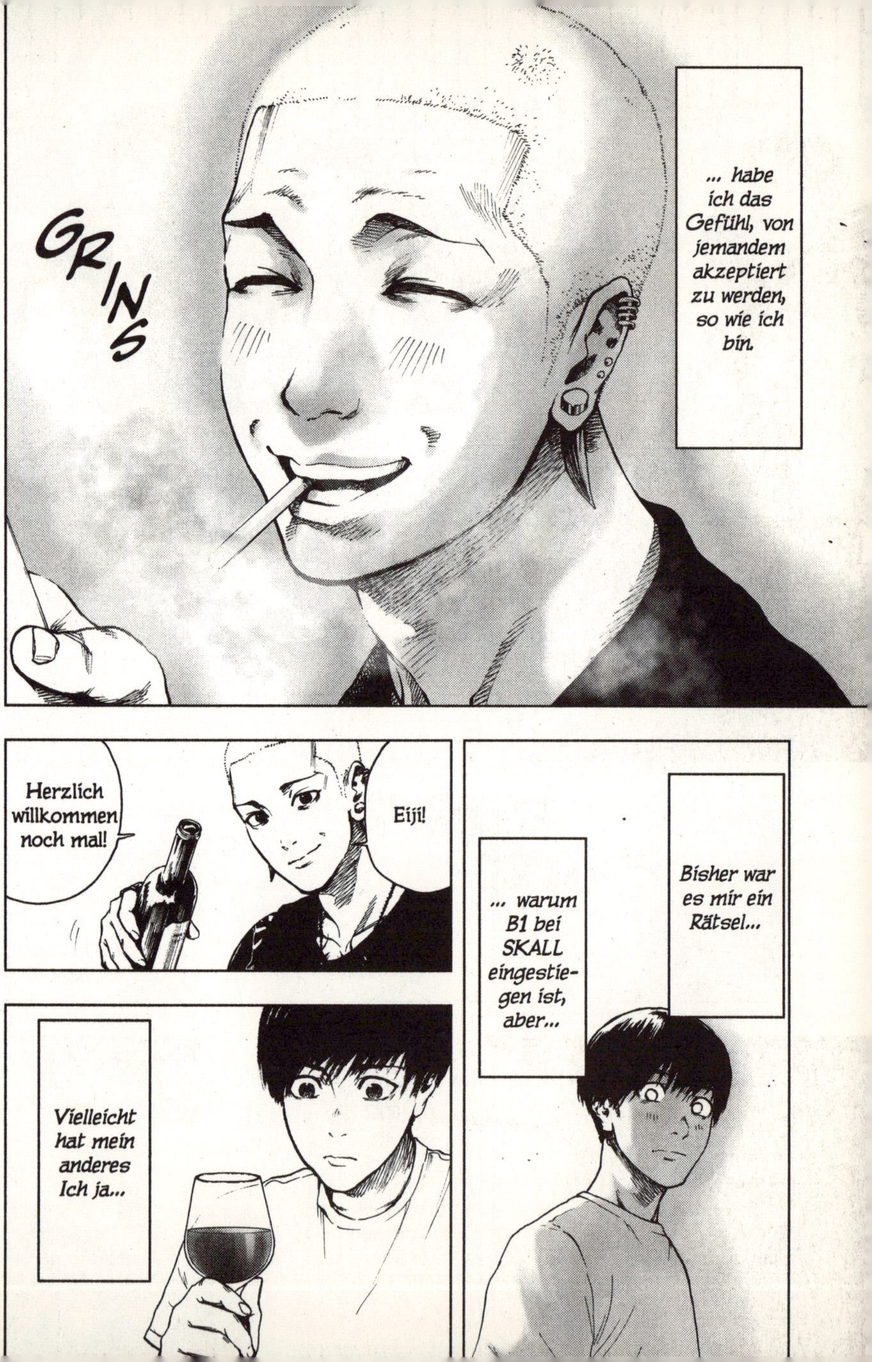
... habe ich das Gefühl, von jemandem akzeptiert zu werden, so wie ich bin.
GRINS
Bisher war es mir ein Rätsel...
... warum B1 bei SKALL eingestiegen ist, aber...
Eiji!
Herzlich willkommen noch mal!
Vielleicht hat mein anderes Ich ja...

... hier bei SKALL seinen Platz gefunden...
SKALL
HHH
FHH
...
Aber...
... das ist nicht der Grund, warum ich hier bin...

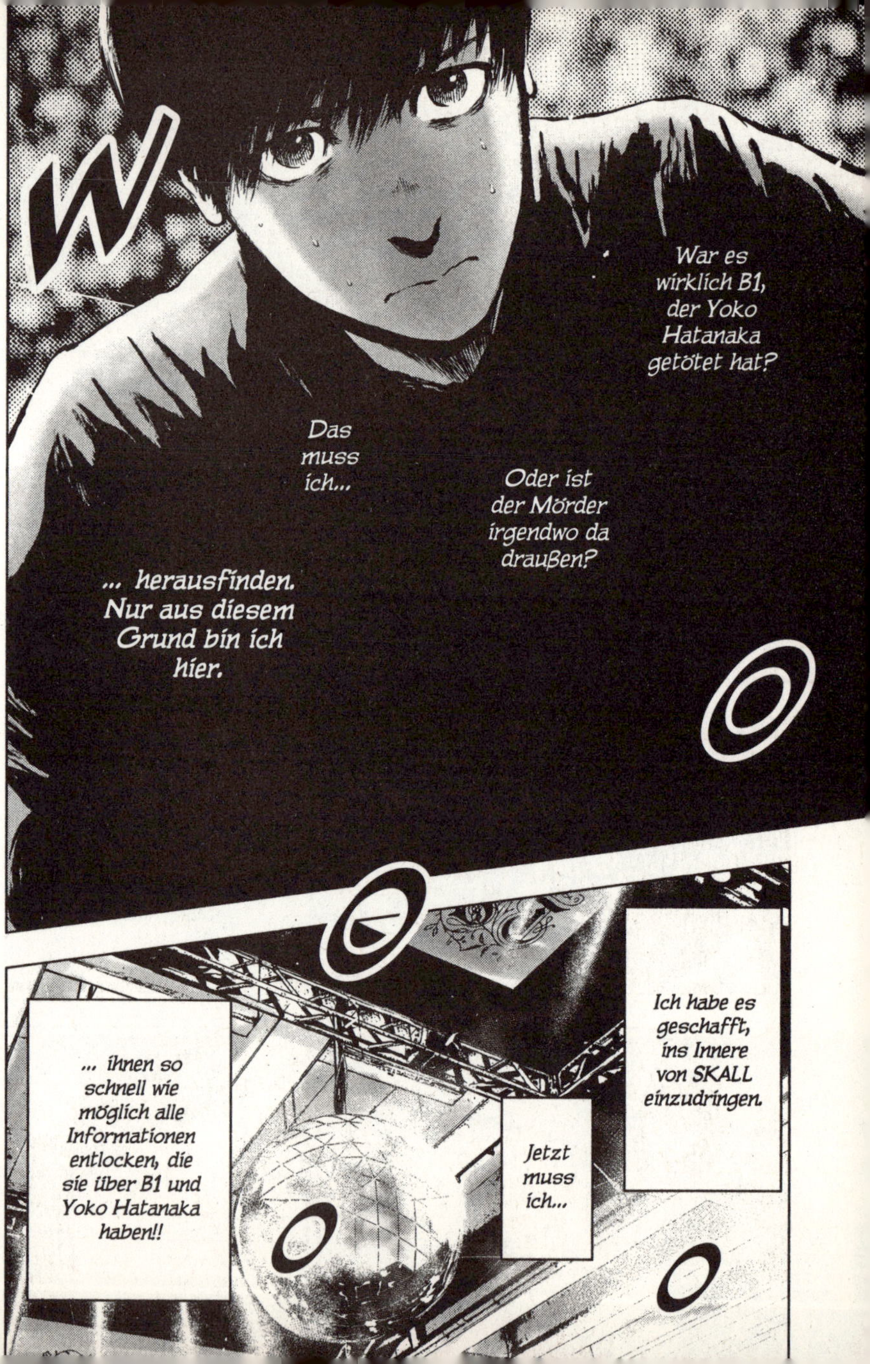
War es wirklich B1, der Yoko Hatanaka getötet hat?
Oder ist der Mörder irgendwo da draußen?
Das muss ich...
... herausfinden. Nur aus diesem Grund bin ich hier.
Ich habe es geschafft, ins Innere von SKALL einzudringen.
Jetzt muss ich...
... ihnen so schnell wie möglich alle Informationen entlocken, die sie über B1 und Yoko Hatanaka haben!!

DER GEWÜNSCHTE TEILNEHMER IST MOMENTAN NICHT ER-REICHBAR.
BITTE VER-SUCHEN SIE ES ZU EINEM SPÄTEREN ZEITPUNKT!
BLZZ
BLZZ

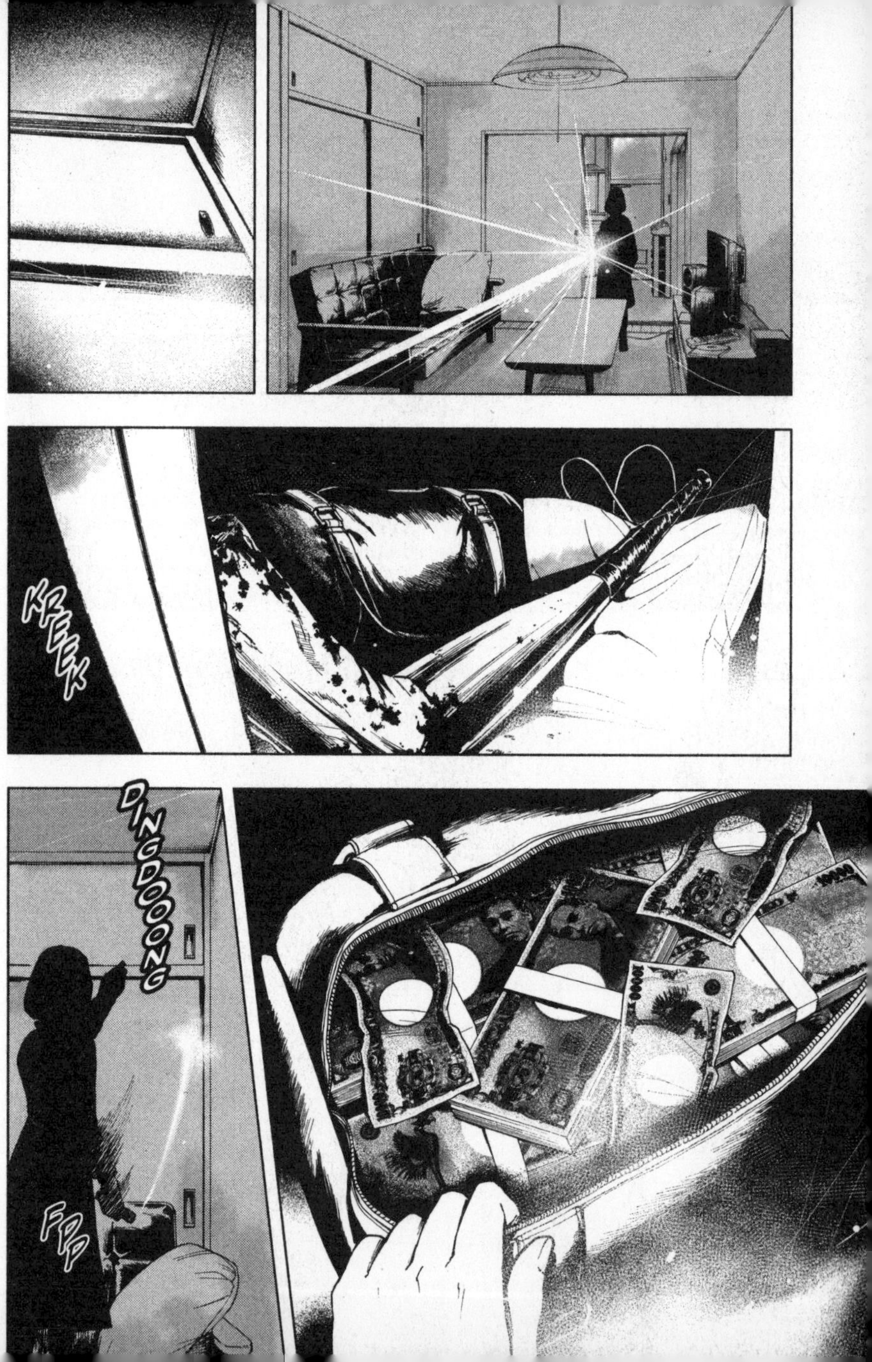
KREEK
DINGDOOONG
FPP

DINGDOOONG
DINGDOOONG
Eiji!
Bist du zu Hause?
Sollen wir nicht doch noch mal über alles reden?
Hey!
Komm schon, Eiji!!
BOMM
BOMM
BOMM
Ich weiß doch, dass du da bist!!

Übrigens, Eiji...
Was glaubst du, warum LL seine Opfer zu Tode gefoltert hat?
Hngh ...
T... Tja...
Früher hatte Folter auch eine rituelle Seite und wurde zur Tilgung der »Sünde« eingesetzt.
Die Qualen der Folter standen nämlich auf gleicher Stufe wie die Qualen des Fegefeuers oder der Hölle.
Darum glaubte man auch, Menschen mit Folter von Sünde reinigen zu können.
LL hatte es ausschließlich auf Prostituierte abgesehen, deshalb frage ich mich...
... ob sie für ihn ein Sinnbild der Sünde waren...
... und ob seine Taten auch eine rituelle Seite zur Tilgung dieser Sünde hatten.
Ich schätze, worauf ich hinauswill, ist Folgendes:

LL stand nur auf Jungfrauen-Pussys!
Aaah ...
Ha ha ha ha ...
Ha ha ...
... ha...
O... Oh Shit...
Wenn das so weitergeht, bin ich erledigt, bevor ich auch nur eine Info aus ihnen herauskriege...
...
Also bleibt mir nur, in die Offensive zu gehen und zum Kern der Sache vorzudringen.
Das heißt dann wohl...
... Yoko Hatanaka wurde auch...
... wegen ihrer »Sündhaftigkeit« getötet, richtig?
Davon, dass der Yoko-Hatanaka-Fall und der LL-Fall zusammenhängen, haben sie in den Nachrichten noch nichts gesagt.
Wenn also jemand etwas in die Richtung andeutet...
... bedeutet das...

Oooooooo
ch!
Die arme Yoko Hatanaka.
Wen immer sie gedeckt hat, als sie nicht auspacken wollte...
... letztendlich hat die Strafe für diese Sünde ihr für immer das Maul gestopft.
?!
»Gedeckt hat«?
Danke, dass du das Thema aufs Tapet gebracht hast...
... Eiji!
Also, kommen wir zum eigentlichen Grund dieses Treffens!

WAFF
WAFF
Uoh!
Was ist das?
Das...
... ist ein **American Pit Bull Terrier**, eine Rasse...
Nanana...
WAFF
... die als die Stärkste gilt, selbst unter Kampfhunden.
Sein Name ist Billy.
WAFF
Billy ist ein echter Soldat, der sich bis zum Nordamerika-Champion hochgekämpft...
... und 13 von 13 Kämpfen gewonnen hat, weil er seine Gegner regelrecht in Stücke gerissen hat.
Er ist sozusagen ein **Serienkiller** der Hundewelt.
GRRRRR

Also, Leute...
Habt ihr schon mal von den »LL-Files« gehört?
Was ist das?
Eine Aufzeichnung sämtlicher Foltermethoden, die LL an seinen Opfern durchgeführt hat.
Es heißt, die Polizei hätte sie geleakt.
Die kann man sich doch ganz normal im Netz ansehen, oder nicht?
Das scheint ein Fake zu sein.
Denen solltest du lieber nicht trauen.
SKALL
Ob sie nun gefälscht sind oder nicht...
Ich erwähne die Files nur, weil sich darin auch die Methode findet, die Opfer bei lebendigem Leib von Hunden fressen zu lassen.
Und weil ich das immer mal ausprobieren wollte.
HAH
HAH

WO
O
W
Yooo, hört sich geil an!
WOOHOO
Wer wird denn ge-fressen?!
WOOHOO
Schnappen wir uns einfach irgendeinen von der Mano-miya-Gang!
WOOHOO
Gute Frage...

Wie wär's mit: Der Verräter wird gefressen?
WHOOP
WHOOP
Irgendwer hat nämlich unseren Geldkurier überfallen.

Zwei Angreifer.
60 Millionen weg.
Und unser Kumpel wurde mit einem Eisenschläger so erbärmlich zusammengeschlagen, dass er ins Krankenhaus musste.
... Im Ernst?
Wann ist das passiert?
Vor sechs Tagen, in der Halloween-Nacht.
Die Täter waren voll verkleidet und maskiert, um ihre Identität zu verbergen.

Und wie's scheint, wussten sie auch genau, wo das Geld war und wie es geschützt wurde.
Für Außenstehende sind sie einfach zu geschickt vorgegangen...
... und haben genau da angesetzt, wo unsere Sicherheitslücken waren.
Mit anderen Worten: Dieser Überfall war das Werk von Insidern...
... oder möglicherweise von Leuten, die Hilfe von einem Insider hatten.
Wie ihr wisst, sind unsere Finanzen der Bereich, bei dem wir am vorsichtigsten sind.
...
Darum gibt es nur wenige, die überhaupt Zugang zu diesen Informationen haben.
Im Grunde sind es nur wir, der Führungsstab.
Die Täter haben den Geldboten mit einem Eisenschläger krankenhausreif geschlagen...
Es gab zwei Angreifer.
60 Millionen wurden erbeutet...
Das sind für jeden...
... 30 Millionen...

Echt jetzt, B1... ?!!
Du verdächtigst uns vom Führungsstab?
Das kann nicht sein!
Wer ist denn so lebensmüde, SKALL derart zu hintergehen und 60 Millionen zu klauen?!
Hm...
... hmmm...

Und hier kommt unsere sündige Bitch...
... Yoko Hatanaka ins Spiel.

# THE KILLER INSIDE

BAND 1 - ENDE

Weiter geht's in Band 2!

## Mangazeichner Shota Ito kommentiert!!

## Dies und das zum Charakterdesign von »The Killer Inside«

In meinem ersten Entwurf war Kashiwagi eher der auffällige, frivole Typ. Aber da der neben Eiji irgendwie unstimmig wirkte, habe ich ihn etwas zahmer und »normaler« gemacht.

Als ich die Story zum ersten Mal las, habe ich mir Eiji als düsteren, schwermütigen Charakter vorgestellt und ihn mit langen Haaren gezeichnet. Aber während ich nach der Trial-and-Error-Methode an den Scribbles arbeitete, dachte ich, dass er nach außen vielleicht eher wie ein ganz normaler Student wirkt. So entstand das jetzige Charakterdesign.

## Kyoka Yukimura

Ihre Gesichtsform hat sich, wie ich finde, nicht groß verändert. Aber ich gebe mir alle Mühe, ihr dieses innere Leuchten zu geben, das Hajime Inoryu im Originalwerk beschrieben hat und das so typisch ist für eine Heldin.

## Nawaki

Der Campus-Rowdy Nawaki sollte nach den Wünschen meines Redakteurs eine imposante, männliche Erscheinung im Stil von Kan a.k.a. GAMI* sein, daher das jetzige Charakterdesign.

## Rei Shinmyoji

Auch Reis Charakterdesign aus dem Originalwerk ist so fantastisch, dass ich es quasi eins zu eins übernommen habe. Bei ihr achte ich besonders auf die mysteriöse Aura, die ihren Reiz ausmacht.

* japanischer Rapper

# HALT!

**THE KILLER INSIDE** ist ein japanischer Comic, und in Japan wird von hinten nach vorn und von rechts nach links gelesen. Man muss diesen Manga also hinten aufschlagen und Seite für Seite nach vorn weiterblättern. Auch die Bilder auf jeder Seite und die Sprechblasen innerhalb der Bilder werden von rechts oben nach links unten gelesen, so wie in der Grafik gezeigt.

Viel Spaß mit **THE KILLER INSIDE**!



FSC www.fsc.org
MIX
Papier aus verantwortungsvollen Quellen
FSC® C083411

Unser Versprechen für mehr Nachhaltigkeit
• Klimaneutrales Produkt
• Papiere aus nachhaltiger Waldwirtschaft
• Hergestellt in Europa

CARLSEN MANGA
Deutsche Ausgabe/German Edition • Carlsen Verlag GmbH • Hamburg 2021
Aus dem Japanischen von Claudia Peter •  • First published in Japan in 2018 by Kodansha Ltd., Tokyo • Publication rights for this German edition arranged through Kodansha Ltd. • Redaktion: Philipp Nakata • Herstellung: Björn Liebchen •  • ISBN: 978-3-551-71946-1